光文社文庫

文庫書下ろし／長編時代小説

引導

鬼役 二十五

坂岡　真

光　文　社

この作品は光文社文庫のために書下ろされました。

目次

※巻末に鬼役メモあります

幕府の職制組織における鬼役の位置

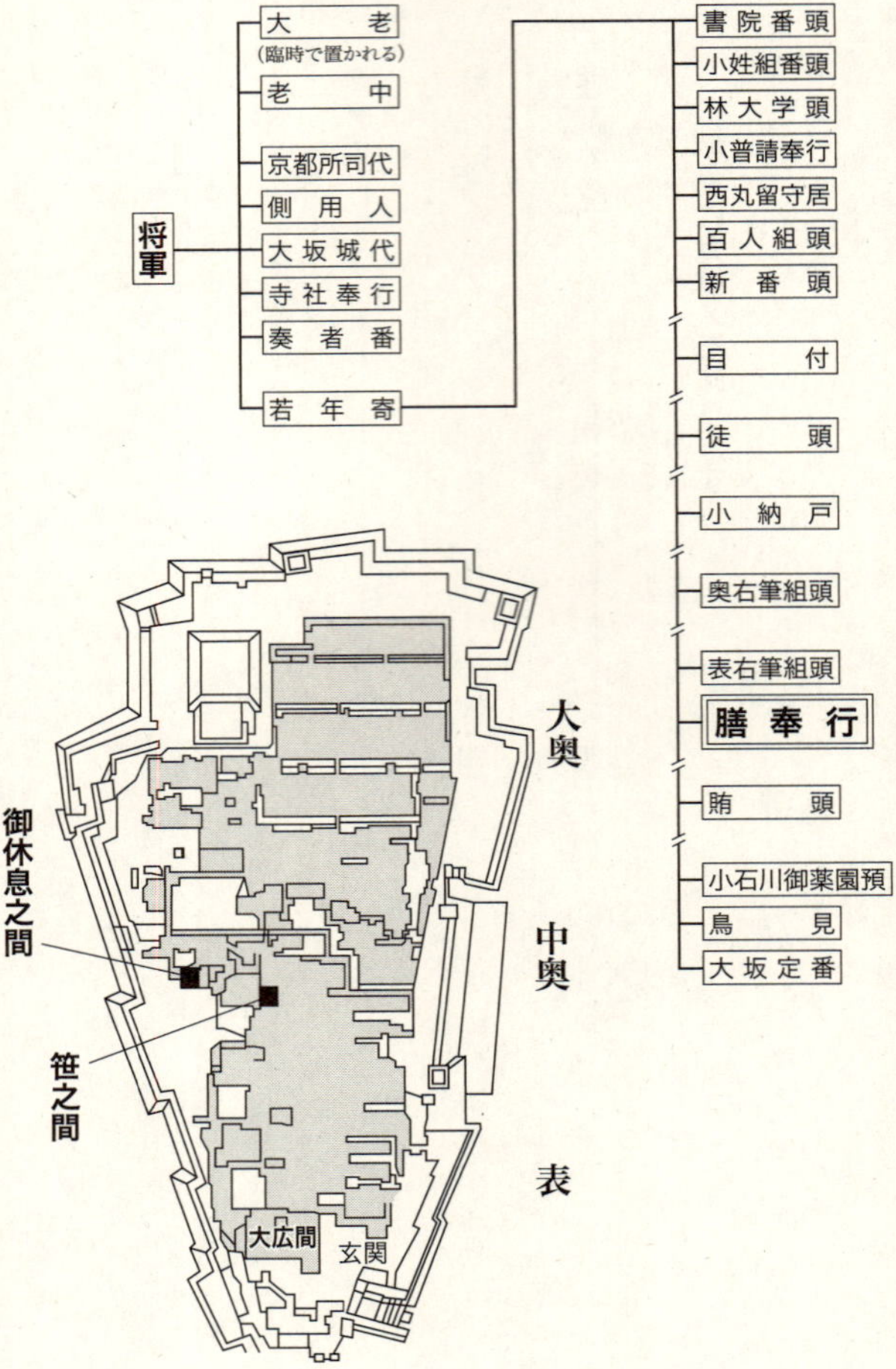

鬼役はここにいる！

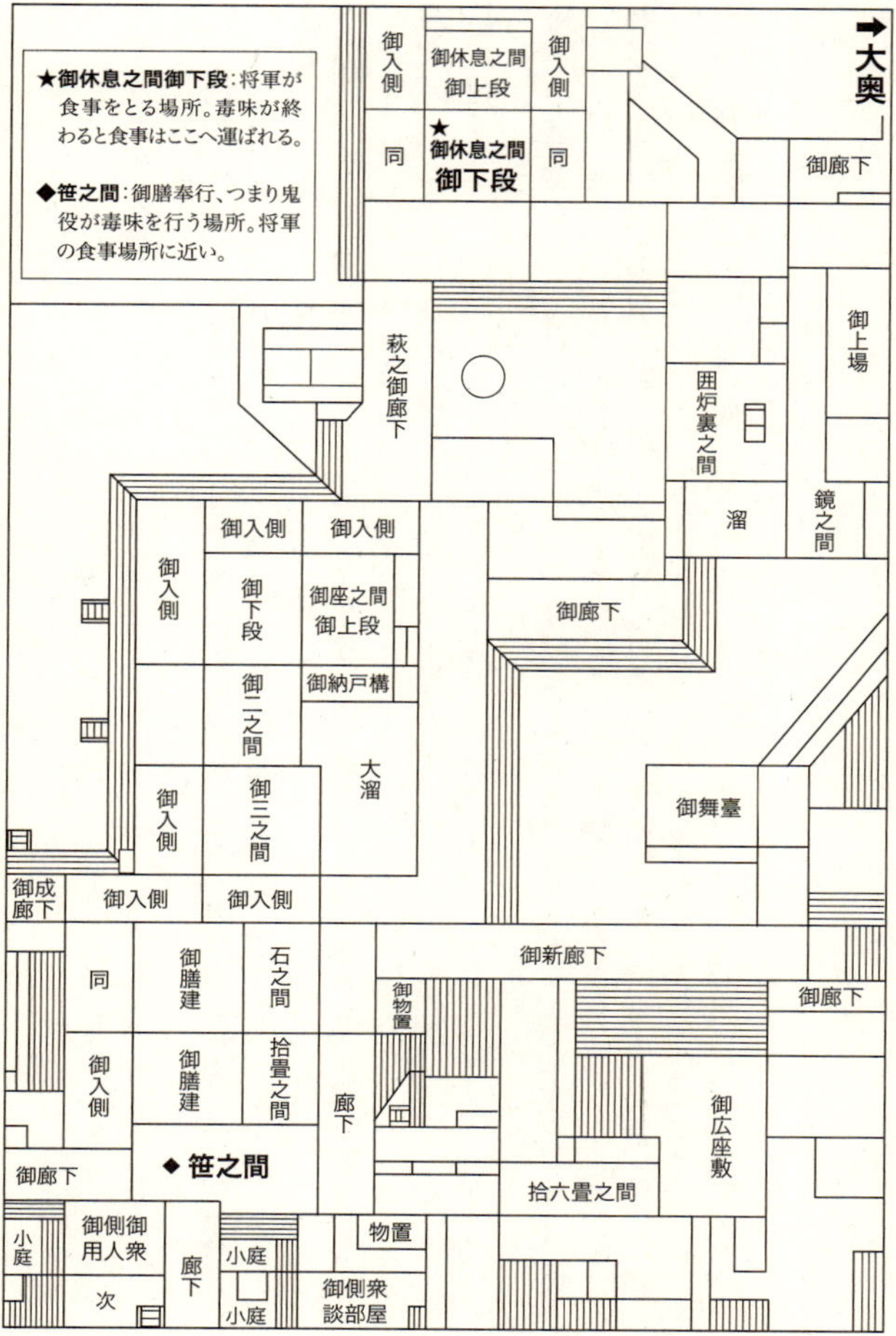

★御休息之間御下段：将軍が食事をとる場所。毒味が終わると食事はここへ運ばれる。
◆笹之間：御膳奉行、つまり鬼役が毒味を行う場所。将軍の食事場所に近い。
御入側
御休息之間
御上段
御入側
同
★
御休息之間
御下段
同
→大奥
御廊下
萩之御廊下
囲炉裏之間
御上場
溜
鏡之間
御入側
御入側
御入側
御下段
御座之間
御上段
御納戸構
御廊下
御二之間
大溜
御舞臺
御入側
御三之間
御成廊下
御入側
御入側
御新廊下
同
御膳建
石之間
御物置
御廊下
御入側
御膳建
拾畳之間
廊下
御広座敷
◆笹之間
御廊下
拾六畳之間
御側御用人衆
廊下
小庭
物置
小庭
次
御側衆談部屋
小庭

主な登場人物

矢背蔵人介……将軍の毒味役である御膳奉行。またの名を「鬼役」。お役の一方で田宮流抜刀術の達人として幕臣の不正を断つ暗殺役を務めてきた。

志乃……蔵人介の養母。薙刀の達人でもある。

幸恵……蔵人介の妻。徒目付の綾辻家から嫁いできた。蔵人介との間に鐵太郎をもうける。弓の達人でもある。

鐵太郎……蔵人介の息子。いまは蘭方医になるべく、大坂で修業中。

卯三郎……納戸払方を務めていた卯木卯左衛門の三男坊。わけあって天涯孤独の身となり、矢背家の養子となる。

綾辻市之進……幸恵の弟。真面目な徒目付として旗本や御家人の悪事・不正を糾弾してきた。剣の腕はそこそこだが、柔術と捕縄術に長けている。

串部六郎太……矢背家の用人。悪党どもの臑を刈る柳剛流の達人。長久保加賀守の元家来だったが、悪逆な遣り口に嫌気し、蔵人介に忠誠を誓う。

土田伝右衛門……公方の尿筒持ち役を務める公人朝夕人。その一方、裏の役目では公方を守る最後の砦。武芸百般に通じている。

鬼役 ㉟

引導

大名斬り

一

雪解け水を湛《たた》える桜田濠《さくらだぼり》に沿って、皀莢《さいかち》の枯れた並木がつづく下り坂を歩いている。

内濠は背に控える半蔵《はんぞう》御門を頂きにして左右に緩やかな下り勾配を築き、北側は辰ノ口《たつのくち》から道三《どうさん》濠を通って日本橋《にほんばし》川へと流れ、一方の南側は日比谷《ひびや》濠から築地《つきじ》川へと注ぎこむのだが、眼下の濠は湖面のごとく沈黙し、流れているようにはみえない。

池畔の根雪もあらかた解け、真っ赤な梅の蕾《つぼみ》がほころびはじめている。

憲法黒《けんぽうぐろ》の羽織を纏《まと》った矢背《やせ》蔵人介《くらんどのすけ》は、ふと立ちどまって耳を澄ませた。

——一即一切《いっそくいっさい》、一切即一、一入一切《いちにゅういっさい》、一切入一……。

水面を吹きぬける風音が、尼僧の口ずさむ華厳経《けごんきょう》のように聞こえる。

昼餉《ひるげ》の毒味御用を無事に済ませて下城し、従者の串部六郎太《くしべろくろうた》の待つ半蔵御門から外へ出たところで、妖しげな尼僧から六文銭を手渡された。銅貨の冷たい感触が今も掌に残っている。

平常《ふだん》ならば番町《ばんちょう》を抜けてまっすぐ市ケ谷《いちがや》御門へ向かうはずが、こうして濠端の道を日比谷までたどっていくのも、抗《あらが》い難い宿命を感じているからこそのことだ。

蔵人介は「鬼役」と呼ばれる将軍家毒味役でありながら、裏では邪智奸佞《じゃちかんねい》の輩《やから》に引導を渡す密命を帯びていた。ただし、長らく仕えた御小姓組番頭《おこしょうぐみばんがしら》の橘右近《たちばなうこん》は、もうこの世にいない。四月余りまえ、おのが信念を貫くべく、内桜田御門前で自刃を遂げた。

それからしばらくして、橘の遺志を引き継ぐ人物があらわれた。

――如心尼《にょしんに》。

如に心と書いて恕《ゆる》すと読む。どのような罪を犯した者でも、仏ならばお恕しになるであろう。そうありたいと願う気持ちから、付けた隠号であるという。されど、人の欲は尽きることを知らず、業《ごう》とは空恐ろしいもの、城の内外からは常のごとく容認できぬはなしが漏れ聞こえてくる。ならば、白刃を踏む覚悟をもって悪党奸臣《かんしん》を成敗《せいばい》せねばなるまい。

——白刃踏むべし。

重々しく命を下した女性の正体は、大奥で長らく筆頭老女をつとめた万里小路《までのこうじの》局《つぼね》であった。大納言《だいなごん》池尻暉房《いけがみてるふさ》の娘として京に生まれ、今将軍家慶《いえよし》の正室として十で江戸入りを命じられた喬子《たかこ》女王の世話役となった。爾来《じらい》、喬子女王を支えつづけ、家慶が将軍の座に就くと、将軍付きの上臈御年寄《じょうろうおとしより》に昇進した。それから二年半も大奥の差配を一手に任されたが、喬子の薨去《こうきょ》にともなって落飾《らくしょく》し、惜しまれつつも城外へ転じて、桜田御用屋敷の取締役を仰せつかった。

今も大奥女中たちから「までさま」と慕われる女性こそが、唯一、鬼役に命を下すことのできる人物にほかならない。

——寵臣橘右近の後顧《こうこ》を託す。

家慶直筆の御墨付きも、蔵人介はみずからの目で確かめた。

だからといって、橘に対してきたのと同様の信頼までは寄せてはいない。

盤石《ばんじゃく》の信頼がなければ、密命を果たすことは難しい。それゆえ、闇雲に命を引きうけず、内容次第では拒もうとすらおもっていた。

いずれにしろ、蔵人介の足取りは牛のように鈍い。

曇天を映して灰色に沈む濠は、桜田濠から日比谷濠へと名を変えていた。幅の広い濠の向こうは野積みの高石垣ではなく、土塁の最上部だけを帯状に巻いた鉢巻石垣になっている。西ノ丸の濠面に築かれた石垣はすべてこのように積まれており、鉢巻石垣の遥か高みには時《とき》の鐘《かね》を納めた伏見櫓《ふしみやぐら》が聳《そび》えていた。

右手に広がる外桜田の拝領地には、井伊《いい》家、上杉《うえすぎ》家といった名だたる大名たちの御上屋敷が集っている。

「殿、あれに」

串部の促す日比谷御門の手前に、由緒ありげな唐門《からもん》がみえた。

桜田御用屋敷の正門である。

かつて将軍の側室で「おしとねすべり」などと揶揄《やゆ》される大奥女中らが暮らす。悲運をかこつ女たちはみな、誼《よしみ》を交わした将軍の菩提《ぼだい》を弔うべく落飾していた。隠居屋敷にもかかわらず、身のまわりの世話をする下女たちの数も多く、部屋ごとに分かれて暮らしているため、巷間《こうかん》には「城外の大奥」と呼ぶ者たちもいる。

蔵人介と串部は屋敷の脇道から裏手へまわり、勝手知ったる者のように木戸口を潜りぬけた。

人の気配に目をやれば、色白の若い尼僧《にそう》と猿顔の御庭《おにわ》の者が待ちかまえている。

尼僧の名は里《さと》、半蔵御門外で六文銭を託した者にまちがいない。一方、御庭の者は小籔半兵衛《こやぶはんべえ》という。いずれも、如心尼に仕える忠実な僕《しもべ》であった。

「ようお越しくだされました。さあ、こちらへ」

里につづいて瓢箪池《ひょうたんいけ》に架かった朱の太鼓橋を渡り、竹垣に囲まれた柿葺《こけらぶ》きの庵《いおり》へ向かう。

敷居をまたぐのは、先月以来二度目のことだ。

奥行きのある平屋の廊下を三つほど曲がると、坪庭をのぞむ離室《はなれ》にたどりつく。

床の間に霞棚《かすみだな》の設《しつら》えられた八畳間へ導かれ、蔵人介と串部は下座に腰を落ちつけた。

正面の軸には光背《こうはい》を纏った観音菩薩が描かれ、手前の花入れには線香花火のような黄金色の花が生けてある。

「金縷梅《まんさく》か」

養母の志乃《しの》も好きな花だ。

ほどもなく、廊下に衣擦《きぬず》れの音が近づいてきた。

開きかけた襖《ふすま》から、白檀《びゃくだん》の香が忍びこんでくる。

楚々《そそ》とした仕種であらわれたのは、ふくよかな美しい尼僧であった。

化粧は薄くとも、齢は判別し難い。四十に届かぬほどにも、還暦を過ぎているようにもみえる。

「矢背蔵人介、よう来た。さっそくじゃが、それを」

近習《きんじゅ》の里がすっと立ちあがり、白い粉のはいった貝殻と黒い粉のはいった貝殻を持ってくる。

立ちのぼる匂いを嗅いだだけで、蔵人介は薬にまちがいないと察した。

「嘗《な》めてたもれ。まずは、白い粉のほうを」

「はっ」

貝殻のひとつを手に取り、薬指を湿らせて粉をくっつけ、舌のさきで嘗める。

ぴりっと、鋭い痺れを感じた。

「これは烏犀圓《うさいえん》かと存じまする」

「ほほう、さすが上様の鬼役じゃ。五十八もの薬種を混ぜた毒消し薬をようも言い当てたわ」

効用は毒消しのみならず、引きつけの特効薬にもなれば、滋養強壮の薬としても服用される。「薬師《くすし》」と称された大権現家康《だいごんげんいえやす》のころより、将軍家に代々伝わる名薬《お》のひとつだが、その製法は佐賀《さが》藩鍋島《なべしま》家のみに引き継がれ、寛政《かんせい》期からは同家の御留薬《とめやく》として認められるようになっていた。

すべての背景を知ったうえで、蔵人介は堂々と応じてみせる。

「陳皮《ちんぴ》と麝香《じゃこう》の香りにくわえて、犀角《さいかく》独特の苦味を感じました。されど、決め手となったのは、附子《ぶし》の痺れにござります」

「さよう、附子と申せば山鳥兜《やまとりかぶと》の根子《ねっこ》、元をたどれば猛毒じゃ。毒と薬は紙一重と申すが、そなたのことやもしれぬな、くふふ」

「お戯《たわむ》れを。さようなことを仰りたいがために、それがしをお試しになられたのでござるか」

「いいや、そちらの黒い粉の正体を知りたいがためじゃ。わらわの知る奥医師どもとて、しかとはわからぬ。惚れ薬に使う井守《いもり》の黒焼きではあるまいかと、いい加減なことを抜かす者すらおる始末でな」

「されば」

蔵人介はもうひとつの貝殻を取り、湿らせた薬指の先端に粉をくっつける。

舌先でちょろりと嘗めた途端、わずかに鉄の味を感じとった。

「伯州散《はくしゅうさん》にござりますな」

確信を込めて言うと、如心尼は怪訝《けげん》そうに眉を顰《ひそ》める。

「伯州散とな」

「はい。薬種では反鼻《はんぴ》と称される蝮《まむし》、そして川に棲む津蟹《つがに》、さらに鹿角《かづの》の三種をすがたそのままで黒焼きにし、各々を乳鉢《にゆうばち》で砕いて丹念に擂《す》りまする。そうやってできた粉を等分に混ぜあわせ、白湯《さゆ》で内服いたします」

「効能は」

「できもの、腫れもの、ふさがり難い切り傷などによく効きまする」

伯州散というだけあって、池田《いけだ》家の領する鳥取新田《とつとりしんでん》藩などで産する薬らしい。

「されど、黒焼きのほかに、何か混ぜてありますな」

「何じゃ」

「軽粉《けいふん》ではあるまいかと」

中毒を起こす水銀と考えればよかろう。伯耆《ほうき》国は石見《いわみ》銀山にも近い。

「軽粉は瘡《かさ》の治療に使う紫金膏《しきんこう》の主剤にござりますが、多用すれば死にいたります
る」

「まことか」

「はい」

「ふうむ」

「いかがなされましたか」

「じつは、わらわの従者が服用し、重い病に臥せっておる」

「されば、薬種問屋でもあつかう山帰来《さんきらい》をお試しくだされ。どくだみをくわえて煎じ、茶のように飲ませるのでござります」

「ふむふむ、ようわかった。さっそく、手配させよう」

如心尼が顎をしゃくると、里が音も無く部屋から居なくなった。

「じつは、それらの薬、姉小路《あねがこうじ》さまから賜《たまわ》ったものでな。耳の後ろにできた腫れ物に往生していたわらわを気遣われてのことじゃが、まさか、毒がふくまれているとはおもわなんだ」

如心尼は親切心から、自分よりも質《たち》の悪い腫れ物に悩まされていた従者にたいして、まずさきに貴重な黒い粉を服用させたらしかった。そして、容態が急変したことに不審を抱いたのである。いずれにしろ、今や「大奥の帝」とも評される姉小路から信頼の厚い如心尼が毒を盛られるはずはなかった。

「無論じゃ。さようなこと、おもうだけでも畏れ多いことよ。そもそも、隠居して力の衰えたわらわを、姉小路さまが亡き者にしたいと願うはずもない」

されど、誰かに毒を盛られたと察したからこそ、蔵人介をわざわざ呼びつけたのだろう。

「何か、お心当たりは」

「つらつら考えてみるに、おもいあたることはひとつ。三月《みつき》ばかりまえのはなしじゃ」

御用屋敷の門前にひとりの女が倒れており、介抱してやると懐中に目安箱へ投じる訴状をしたためていた。

女の家は麻布《あざぶ》で醤油問屋を営んでいたが、一人娘をとある小藩の藩主が見初《みそ》め、側室にせよとなかば強引に命じてきた。すでに嫁ぎ先も定まっていたので丁重に断ると、ある日、配下の者たちがやってきて娘を拐《かどわ》かしも同然に連れていった。その晩遅く、娘は冷たくなって帰ってきたのだという。

「辱《はずかし》められたうえに、首を絞められた痕跡もあった。されど、藩主に無礼をはたらいたあげく、娘はみずから首を縊《くく》ったと告げられたそうじゃ」

愛娘を失って父は狂い死に、商売のほうも立ち行かなくなった。通例ならば泣き寝入りとなるところだが、ひとりのこされた母は浮かばれぬ娘の怨念を晴らすべく、最後の力を振り絞って訴状をしたためたのである。

「その母も、わらわに訴状を託して還《かえ》らぬ人となった。哀れなはなしであろう」

如心尼は放っておけなくなり、里や半兵衛に命じて藩主のことを調べさせた。

「からだじゅうに彫物《ほりもの》をほどこし、放蕩三昧《ほうとうざんまい》をかさねる外道《げどう》であったわ。じつはの、そのことを母の訴状も添えて姉小路さまに訴えておったのじゃ。悪辣《あくらつ》非道な振るまいに厳しい姉小路さまのことゆえ、かならずや表向《おもてむき》へ通していただけるとおもうてな」

ところが、はなしはいっこうに表向の幕閣《ばつかく》へもたらされない。どうしたのか調べてみたところ、訴えを阻む者が潜んでいた。

「御側衆《おそばしゆう》、大曽根調所太夫《おおそねずしよだゆう》じゃ」

じつは、大曽根こそが入れ墨大名の実父であった。大身《たいしん》旗本から小藩の大名家へ養子が出される例は少なくない。

「あやつめ、実子の悪行が露見せぬよう、秘かに訴状を握りつぶしたのじゃ」

大曽根は何人かいる平御側《ひらおそば》のひとりだが、職禄は五千石におよび、大奥との橋渡し役のようなこともやっているという。以前から良からぬ噂はあった。宿下がりの女手形を発行する西ノ丸留守居《るすい》を手懐《てなず》け、そこそこの賄賂を積まねば手形を発行させぬとか、女官の操《みさお》と引換でなければ手形を出させぬとか、耳を疑うような行状の数々である。

「なかなか尻尾を摑ませぬ古狸ゆえ、正面から対峙しても敵う相手ではない。しかも、わらわの動きを怪しみ、姉小路さまに黒い粉を預けた。腫れ物の特効薬と偽り、畏れ多くも姉小路さまを使って、わらわに毒を盛ろうとしたのじゃ。もはや、まちがいあるまい。かかる疑いが明らかになれば、大曽根調所太夫に引導を渡さねばならぬ。いいや、大曽根のみならず、事の元凶とも言うべき実子の命も絶たねばなるまいの」

すかさず、蔵人介は顎を突きだした。

「お待ちを。それは一国の藩主を斬れという御命にござりましょうか」

「そうじゃ。いかなる身分の者でも、外道ならば罰さねばなるまい。むしろ、身分の高い者ほど許してはならぬ」

「藩主を失えば、領民が困惑する事態ともなりかねませぬ」

「外道の入れ墨大名を排さぬほうが、領民にとって不幸なことではないのか」

「されど」

「ふん。やはり、容易には承服できぬとみえる。詮方あるまい。先だっても申したとおり、迷うておるのは、わらわも同じよ。はたして、橘さまのようにできるのかどうか。心を鬼にして、人を滅する密命をおぬしに与えられるのかどうか。それゆえ、白刃踏むべしなどと強きことばで命じねば、心がぐらついてしまう。ところで、おぬし、大名を斬ったことは」

「ございます」

「ほっ、そうであったか。頼もしいことよの」

如心尼は袖で口を隠し、ひとしきり笑った。

そして、部屋から風のように去ってしまう。

何とも、とらえ難い女性であった。

「厄介至極《しごく》とは、このことにござる」

串部が後ろで溜息を吐《つ》いた。

ともあれ、早々に入れ墨大名と御側衆の周囲を探らねばなるまい。

蔵人介は「鳴狐《なきぎつね》」と称する愛刀の粟田口国吉《あわたぐちくによし》を右手で摑むと、白檀の香りの残る八畳間をあとにした。

二

入れ墨大名の名は、内田伊勢守正次《うちだいせのかみまさつぐ》という。

石高一万石とはいえ、下総国《しもうさ》小見川《おみがわ》藩を治める歴とした大名であった。

「齢は二十四だそうです。年相応の分別というものを持たず、毎夜のごとく廓《くるわ》遊びに興じては淫蕩《いんとう》に耽《ふけ》っている。さような腐れ藩主は生かしておくのも忍びない。いっそ辻斬りにでもみせかけ、それがしが斬ってしまいましょうか」

串部は横幅の広い蟹のような体軀《たいく》を強《こわ》ばらせ、必殺の臑《すね》斬りを繰りだす動きをしてみせる。

なるほど、柳剛《りゅうごう》流の達人にひとたび狙われれば、たいていの者は両刃に仕上げた同田貫《どうたぬき》の餌食《えじき》になることはわかっていた。だが、蔵人介は熱くなってまくしたてる従者の顔を冷徹な眼差しでみつめる。

「如心尼さまの仰ることを鵜《う》呑《の》みにしてはならぬ。醬油問屋の女房が抱いた恨みは逆恨みかもしれぬし、御側衆が訴状を握りつぶしたあげくに毒を盛ろうとしたはなしも真実《まこと》かどうかはまだわからぬ」

「そんな。だいいち、黒焼きに毒が混ざっているのを見抜いたのは、殿ご自身ではありませぬか」

「軽粉は何処《どこ》の薬種問屋にも常備されておる。誤って混ざることもあろう」

「すべては、如心尼さまの勘違いだと仰るので」

「勘違いだとわかれば、鬼役の出る幕はあるまい」

「それはまあ、そうでござりますがね」

不満げな串部をともない、蔵人介は吉原《よしわら》遊郭の大門《おおもん》を潜った。

昨年の閏《うるう》一月に大御所家斉《いえなり》が薨去して以降、老中首座の水野越前守忠邦《みずのえちぜんのかみただくに》は「改革、改革」と声高に叫びつつ、市中の取締を強化している。奢侈《しゃし》禁止令によってあらゆる贅沢は敵視され、町娘は着飾ったり玉簪《たまかんざし》を付けることすらできなくなった。華やかさの象徴だった三座の芝居小屋も火事を契機に浅草《あさくさ》の片隅に追いやられ、庶民は習い事や読本《よみほん》や落語などの楽しみまで奪われた。

暮れに筆頭目付《めつけ》の鳥居耀蔵《とりいようぞう》が南町奉行に就いてからというもの、締めつけにはいっそうの拍車が掛かり、鳥居には受領名《ずりょうめい》の甲斐守《かいのかみ》をもじって「妖怪」という綽《あだ》名《な》まで付けられた。

もちろん、岡場所などの遊興場は目の敵にされ、柳橋《やなぎばし》や深川《ふかがわ》の花街などは閑古《かんこ》鳥《どり》が鳴いている。そうしたなかにあって、唯一明るさを保っているのが、四方をおはぐろ溝《どぶ》に囲まれた吉原であった。

仲《なか》の町《ちょう》のまんなかには梅の木がずらりと植えられ、左右に連なる引手《ひきて》茶屋の軒には艶《あで》やかな鬼簾《おにすだれ》や花色暖簾《のれん》が揺れている。畳敷きの揚げ縁には、高島田《たかしまだ》に結った髪を鼈甲《べっこう》の櫛笄《くしこうがい》で飾った遊女たちが客待ち顔で座っていた。

ふたりは左手の辻を曲がり、妓楼が軒を並べる江戸町《えどちょう》一丁目の横道をのんびり歩きはじめた。

紅殻《ベンガラ》格子の籬《まがき》を覗《のぞ》けば、朱羅宇《しゅラウ》を燻《くゆ》らせた遊女たちが流し目を送ってくる。

「この世の極楽にござりますな」

串部は小鼻を押っ広げ、赭《あか》ら顔ではしゃいでみせた。

頃合いは戌《いぬ》ノ五つ（午後八時）を少しまわったあたりか、招牌《まねき》に「三笠屋《みかさや》」と書かれた総籬のまえに近づくと、背後から人の気配がのっそり迫った。

振りむけば、猿顔の小籔半兵衛が佇《たたず》んでいる。

「おっと、驚かすな」

仰け反る串部に蔑《さげす》むような笑みを送り、半兵衛は低声《こごえ》でぼそぼそ喋りだす。

「宴もたけなわかと。ほどもなく、殿さまが表口から出てまいりましょう」

「さようか」

無表情で応じる蔵人介に向かって、半兵衛は探るようにみつめてくる。

「毎夜のことにござります。百姓《ひゃくしょう》たちから搾りとった年貢が、遊女を侍《はべ》らせた妓楼で湯水のごとく消えていく。それだけでも、万死に値する大罪にござりましょう」

「そうおもうなら、おぬしが討てばよい」

「いえいえ、それがしのごとき下賤《げせん》の輩に一国を統《す》べる御大名を討つことなどできませぬ。討つには討つなりの格を備えたお方でなければ」

半兵衛が串部にも拮抗《きっこう》するほどの手練《てだれ》であることは承知している。軽やかな身のこなしから推《お》すと下忍《げにん》かもしれぬが、出自は尾張《おわり》ということ以外に詳しい素姓はわかっていない。それは里についても同じだが、いずれにしろ、おたがいに命を預けるほどの絆で結ばれていないことだけは確かだった。

今宵は入れ墨大名の面相を拝むだけでよかろう。

そうおもいつつ、蔵人介は壁際の物陰に身を隠した。

左手の奥は漆黒《しっこく》の闇に包まれ、溝の臭いが漂ってくる。

闇のわだかまる界隈《かいわい》は「羅生門《らしょうもん》河岸」と称し、客に瘡《かさ》を伝染《うつ》されて死にかけたり、廓抜けに失敗《しくじ》って指を落とされたり、さまざまな理由で零落《れいらく》せざるを得なかった遊女たちの集う廓の吹きだまりであった。

「殺《あや》められた娘の名は多恵《たえ》、潰れた醤油問屋は銚子《ちょうし》屋と申します」

ほとんど聞こえぬほどの声で、半兵衛は説きつづける。

「銚子屋は小見川藩の御用達《ごようたし》で、問屋仲間の肝煎《きもい》りもつとめておりました。主人の長兵衛《ちょうべえ》は人望の厚い人物で、誰かに恨まれるようなこともなかった」

ところが、銚子屋が潰れたのち、これに取って代わった新興の醬油問屋があった。

「房州《ぼうしゅう》屋彦右衛門《ひこえもん》、こやつがどうしたわけか、御用達と肝煎りのふたつを同時に手に入れた。濡れ手で粟《あわ》と陰口を叩く者もございます。じつは、その房州屋こそが今宵の宴席を取りしきる張本人にほかなりませぬ」

「何だと」

眉根をぐっと寄せたのは、四角い顔の串部だった。

「房州屋が銚子屋潰しに関わっていたような言いぐさではないか」

「ふっ、関わっていたとするなら、死人がひとり増えるやもしれませぬな。ところで、矢背さまは御大名を斬ったことがおありだとか。もしや、それは十一年前に変死を遂げた若年寄《わかどしより》、長久保加賀守《ながくぼかがのかみ》さまのことではございますまいか」

串部が突如、殺気を帯びる。

「おぬし、それ以上は喋らぬほうがよい」

「えっ」

「余計な勘ぐりを入れれば、首を失うぞ」

串部が臑を刈るよりも早く、蔵人介が居合《いあい》抜きで首を飛ばすにちがいない。

半兵衛は蒼褪《あおざ》めた顔で黙った。

蔵人介は田宮《たみや》流居合の達人、同流の奥義《おうぎ》が常人には太刀筋のみえぬ「飛ばし首」だと知っているからだ。

長久保加賀守は橘右近より以前に密命を下す役目を負っていた。私欲に走ったことが判明し、蔵人介が断腸のおもいで命を絶ったのである。串部はそのとき、長久保家に仕える用人《ようにん》として蔵人介を監視していた。主人を葬られて仇を討たねばならぬところであったが、清廉潔白な蔵人介の人柄に惚れて従者となった。

ふたりにしかわからぬ主従の機微、艱難辛苦《かんなんしんく》を経たすえに結ばれた堅固《けんご》な絆、そうしたものを穢《けが》すような問いに、蔵人介もこたえる気はない。

「ん、出てまいりますな」

半兵衛は片眉を吊りあげる。

総籬の表口が騒がしくなり、侍主従が賑《にぎ》やかに躍りだしてきた。

「呑み足りぬぞ。者ども、酒を持て。おなごは何処《どこ》じゃ」

錦糸《きんし》の着物を纏った面長《おもなが》の殿さまが叫んでいる。

内田伊勢守であろう。

酩酊《めいてい》しているのは一目瞭然だった。

近習たちが五人掛かりで宥《なだ》め賺《すか》すなか、後ろのほうで房州屋らしき商人が布袋《ほてい》のように微笑んでいる。

「殿、おひらきにございます。今宵はこれにて、おひらきに……」

近習のひとりが腰にしがみつくと、伊勢守はこれを振りほどこうと暴れだした。

「小平太《こへいた》、放せ。放せと言うのがわからぬか」

小平太と呼ばれた近習は頭を撲《なぐ》られても、必死に食らいついて放さない。

ほかの近習たちはまだ若く、呆気《あっけ》にとられているだけだ。

蔵人介たちは物陰から、じっと様子を窺《うかが》っている。

と、そこへ、不穏な空気が漂ってきた。

ひたひたと、左右から跫音《あしおと》が迫ってくる。

「ぬわっ、くせもの」

駆け寄せてきたのは、黒頭巾で顔を隠した侍どもだ。

数は七人、有無を言わせずに抜刀し、伊勢守主従を取りかこむ。

「みなのもの、殿をお守りせよ」

小平太の合図で、四人の近習は刀を抜いた。

が、いずれも腰の据わりが定まっておらず、何とも危なっかしい。

「お覚悟」

黒頭巾のひとりが吼え、大上段から斬りかかった。

「ひぇっ」

対峙する近習のひとりが尻餅をつき、後ろの伊勢守に白刃の先端が伸びる。

危ういと察した刹那《せつな》、きいんと金音《かなおと》が響いた。

小平太が見事な手並みで抜刀し、相手の一撃を弾いてみせたのだ。

「ほう」

おもわず、半兵衛が溜息を漏らす。

つぎの瞬間、小平太は低い姿勢から相手の脾腹《ひばら》を掻いた。

「ぬげっ」

黒頭巾のひとりが倒れ、ぴくりとも動かなくなる。

絶命したのだ。

さらに、小平太はふたり目の面を割った。

「ぎゃっ」

そして、三人目は袈裟《けさ》懸けに胸を裂いてみせる。

どしゃっとふたりが倒れ、地べたは鮮血にまみれた。

一撃必殺の凄まじい手並み、蔵人介でさえも瞠目《どうもく》してしまう。

小平太は伊勢守を背後に庇《かば》いつつ、足を前後八の字に開いた。

――ぶん。

刀身の血振りを済ませるや、ゆっくり右八相《はっそう》に持ちあげていく。

両肘をおもいきり張った独特の構えは、塚原卜傳《つかはらぼくでん》の系譜を引く鹿島新當流《かしましんとう》にまちがいない。

土臭い構えだが、相手に与える威圧は凄まじい。

しかも、小平太に呼吸の乱れはわずかもなかった。

残った四人の黒頭巾は後退《あとじさ》り、おはぐろ溝の闇へ消えていく。

横道には三つの屍骸《むくろ》が置き去りにされ、野次馬たちも集まってきた。

「殿、役人が来るまえに去りましょう」

「ふむ、わかった」

すっかり酔いの覚めた伊勢守は小平太に促され、素直に応じて小走りに走りだす。

「何やら、妙なことになってきましたな」

主従の背中を見送りながら、串部が苦い顔でつぶやいた。

半兵衛は黙りこみ、屍骸をじっと睨《にら》みつけている。

どうやら、一筋縄ではいかぬようだ。

蔵人介はみずからに言い聞かせると、血腥《ちなまぐさ》い惨状に背を向けた。

三

本日如月《きさらぎ》二日は灸饗《やいとぎょう》、無病息災を祈念しつつ、幼き者から老人まで足腰の経穴《つぼ》に灸を据える。

役料二百俵取りの御膳奉行が住まう旗本屋敷は、市ヶ谷の浄瑠璃《じょうるり》坂を上ったさきの御納戸町《おなんどまち》にあった。城勤めの納戸方が多く、御用達を狙う商人の出入りがめだつところから「賄賂町《まいないちょう》」などと揶揄される界隈だ。

「両脚三里《さんり》絶骨《ぜつこつ》に灸すべし。経穴にたいして各七壮《しちそう》、もって毒気を漏らすときは夏にいたりすなわち脚気《かっけ》、心を衝《つ》くの患い無しと、ものの本にもございます」

串部は唐突に妙な台詞《せりふ》を口走り、膝が痛いと嘘を吐く。

「忘れておりました。今宵じゅうに灸を据えねばなりませぬ」

二百坪の拝領地には、百坪そこそこの平屋が建っていた。

「では、拙者はこれにて」

何か不穏な空気でも察したのか、串部は踵《きびす》を返し、逃げるように来た道を戻りはじめる。どこぞへ灸を据えにいくのではなく、馴染みの煮売り酒屋にでも立ち寄るつもりであろう。

「逃げ足の速いやつめ」

蔵人介は吐きすてると、夜陰に紛れて冠木門《かぶきもん》を潜り、飛び石伝いに足を忍ばせた。

夜盗のような心持ちで式台《しきだい》の内へ侵入し、跫音も起《た》てずに廊下を渡って寝所へ向かうと、妻女の幸恵《ゆきえ》が眠らずに待っていた。

「ん、起きていたのか」

「はい」

「火急《かきゅう》のお役目ゆえ、さきに寝ておれと申したであろう」

「これが寝ておられましょうか」

「えっ、それはどういう意味だ」

「ご自身の胸にお聞きなされませ」

棘《とげ》のある口調で詰《なじ》りつつも、幸恵は慣れた仕種で着替えを手伝う。

「蔵人介さまと串部の様子が何やら妙なので、義母上《ははうえ》がおせきに命じ、串部のあとを尾《つ》けさせたのですよ」

女中頭のおせきは、ただの老女ではない。下男の吾助《ごすけ》ともども先代から仕えており、矢背家と歩んだ歴史は養子の蔵人介よりも古かった。しかも、志乃と同じく洛《らく》北《ほく》の八瀬《やせ》で生まれた女である。体術に優れ、忍び働きも得手《えて》としていた。

「おせきは何と」

あれこれ言い訳を考えながら、蔵人介は問うてみる。

「さあ」

幸恵はあくまでもよそよそしい。

密命のことは近しい者にも漏らしてはならぬ定めゆえ、何とか言い逃れる術《すべ》を考えねばならない。真実を隠すためには、いっそ廓で羽を伸ばしてきたとでも告白したほうがよさそうだ。

「じつはな……」

口を開きかけると、ふいに白い手を翳《かざ》された。

「そのさきは、仏間で申しひらきをなされませ」

「まさか、養母上《ははうえ》が待っておられるのか」

「畏れながら、手ぐすねを引いておられますよ。ふふ」

不気味に笑う幸恵に導かれ、冷たい廊下をとぼとぼ進む。

門前で逃げおおせた串部のことが恨めしい。

仏間の襖障子には、行燈《あんどん》の炎が揺れていた。

「養母上、ただいま罷《まか》り越しました」

ひとこと断って襖障子を開けると、志乃は着物の袖を襷《たすき》掛けにした紐で括《くく》り、仏壇のまえに佇んでいた。

容易に手が伸びる長押《なげし》には「鬼斬り」の異名を持つ家宝の国綱《くにつな》が掛かっている。

志乃は名にし負う薙刀《なぎなた》の名手にほかならず、かつては加賀前田《まえだ》家など雄藩《ゆうはん》の奥向きで指南役をつとめていた。

返答次第では、撫で斬りにされるやもしれぬ。

言い知れぬ恐怖が、爪先から脳天まで突きあげた。

「桜田の御用屋敷へ忍んだかとおもえば、よりによって吉原遊郭へ向かうとはの。串部ならいざ知らず、蔵人介どのが廓通いとは、まことに開いた口がふさがらぬ。ほれ、いかがなされた、言い訳せぬか」

「言い訳はいたしませぬ」

「されば、覚悟はよいか」

志乃は長押に手を伸ばし、愛用の国綱を取った。

狭い仏間のなかで、ぶんとひと振り旋回させる。

そして、蒼白い刃の先端を、蔵人介の鼻先に振りむけた。

「幸恵どのを泣かすことだけは許さぬぞ」

志乃は吐きすて、ふっと肩の力を抜く。

国綱を長押に納め、膝をたたんで座った。

「さあ、幸恵どのも、おふたりでそこにお座りなさい」

言われたとおり、並んで下座に膝をたたむ。

志乃は火鉢に鶴首《つるくび》の釜を置き、湯を沸かしはじめた。

あらかじめ沸かしてあったらしく、釜はすぐさま白い湯気を吐きだす。

志乃は手慣れた仕種で茶を点《た》てた。

困惑していると、面前に黒楽《くろらく》茶碗が置かれる。

蔵人介は作法に則《のっと》り、苦い茶を一気に呑みほした。

かたわらの幸恵もまねをし、抹茶をずずっと啜《すす》る。

落ちついたところで、志乃がおもむろに口を開いた。

「下手な言い訳をせぬところが、おぬしの美点じゃな。されど、肝心なことは喋らぬ。ご先代もそうであった。いつも、悩み事を心の奥底に隠しておられた。いたわしいとおもうても、尋ねることはできなんだ。痩せ我慢をして、知らぬが仏、聞かぬが仏を決めこんでおったのじゃ」

志乃は振りむき、仏壇の位牌に悲しげな眼差しをおくる。

おもわず、密命のことを包み隠さず告げようかとおもった。

そうした気配を察してか、志乃は遮るように喋りはじめる。

「やはり、おぬしを責めるのはよしたほうがよいのかもしれぬ。世の中には知ったところで詮無いこともあろうしな。ただ、矢背家の家長として、これだけは忘れないでほしい。いかなる権威にも屈せぬ反骨心だけは見失わぬように。ふっ、今さら妙なことを抜かすとおもうであろう。なれど、わたくしも歳を取った。頭に浮かんだことどもをことばにして遺さねば、後悔するような気がしてな」

「養母上、寂しいことを仰いますな。ことばになどせずとも、お気持ちはようわかっております」

「さようか。ならば、よいがな」

志乃の生まれた洛北の山里に暮らす八瀬衆は、遠いむかしから天皇家に仕えてきた。高貴な方々を陰ながら支える駕輿丁《かよちょう》の役目を負い、天子が崩御《ほうぎょ》した際にもかならず輿《こし》を担ぎたてまつる。閻魔《えんま》大王に使役《しえき》された鬼の子孫だと言われれば、都を逐《お》われた酒呑《しゅてん》童子を神仏のごとく祀《まつ》り、延暦寺《えんりゃくじ》などからのさまざまな弾圧をも耐えしのいできた。天皇家の間者《かんじゃ》としての役目を全うし、かの織田信長《おだのぶなが》でさえも八瀬衆を「天皇家の影法師」と呼んで懼《おそ》れたという。

矢背家は首長に連なる家柄だが、数代にわたって男子に恵まれず、徳川《とくがわ》家に仕える御家人の家から文武に秀でた若者を養子に迎えてきた。蔵人介の養父にも、蔵人介自身にも八瀬の血は流れていない。幸恵も徒目付《かちめつけ》の綾辻《あやつじ》家から娶《めと》ったおなごゆえ、授かった一粒種の鐵太郎《てつたろう》にも鬼の血は流れていなかった。

八瀬衆の血脈が途絶えることを、やはり、志乃は虚しく感じているのではないか。

そうであるなら、なおさら、矢背家に与えられた役目を全うしなければならないと、蔵人介は強くおもった。

橘右近は亡くなる直前、天皇に仕えてきた八瀬衆の首長がどうして徳川家の将軍御毒味役に転じねばならなかったのか、その経緯《いきさつ》を滔々《とうとう》と語ってくれた。大権現家康は徳川宗家を縁の下で支える者として、策をもって仕える家と剣をもって仕える家、さらには間《かん》をもって仕える家を定めたという。

策をもって仕えよと命じられたのが橘家、間をもって仕えることとされたのが将軍の尿筒《しとづつ》を持つ公人朝夕人《くにんちょうじゃくにん》の土田《つちだ》家であった。一方、当初から剣をもって仕えたのは、高家《こうけ》の吉良《きら》家であった。それは宮家との橋渡し役も担っていたがゆえのことらしい。

ところが、赤穂《あこう》浪士の討ち入りで吉良家は改易《かいえき》となった。それゆえ、隠密裡《り》に代わりを探さねばならず、徳川家とは縁の薄い矢背家に白羽の矢が立った。橋家当主に矢背家を推挙したのは、老中首座の秋元但馬守喬知《あきもとたじまのかみたかとも》であったという。

八瀬衆は長年にわたって、延暦寺と境界争いをしていた。大きな潮目は織田信長の下した裁定である。のちに延暦寺を焼きはらう信長は八瀬衆の間諜能力を懼れ、八瀬郷の特権をみとめる安堵《あんど》状を与えた。徳川の世になった当初も、後陽成《ごようぜい》天皇は八瀬郷の入会《いりあい》と伐採に関する特権を旧来どおりにみとめる綸旨《りんじ》を下した。にもかかわらず、境界争いは収束をみせず、延暦寺の公弁法親王《こうべんほっしんのう》が天台座主《てんだいざす》に就任すると、鋭い舌鋒と金の力をもって幕府にはたらきかけ、八瀬衆を寺領および隣地から閉めだす旨をみとめさせた。

薪炭《しんたん》を生活の糧《かて》にする八瀬の民にしてみれば、裏山の伐採権を奪われることは死を意味する。それゆえ、何度となく特権の復活を願いでたが、方針の転換をはかった幕府は取りあわなかった。

ようやく決着をみたのが、秋元但馬守喬知が老中首座に就いたときであった。延暦寺の寺領をほかに移し、旧寺領と村地を禁裏《きんり》領に付け替えることで八瀬郷の入会権を保護するという見事な裁定を下したのだ。八瀬衆はこの恩に報いるため、秋元喬知を祭神とする秋元神社を建立《こんりゅう》し、毎年秋になると「赦免地《しゃめんち》踊り」と呼ばれる踊りを奉納するようになった。

秋元但馬守は、綱吉《つなよし》公、家宣《いえのぶ》公と二代にわたって仕え、江戸城三ノ丸の築城や寛《かん》永寺《えいじ》中堂の建立、地震で壊滅に瀕《ひん》した江戸の復興に辣腕《らつわん》をふるった。綱吉に講義をおこなうほどの博識をもって知られる名君だが、したたかな面も持ちあわせていた。

八瀬衆の入会権をみとめる代償として、隠密裡に取引を持ちかけたのである。首長に連なる家の当主を江戸へ送り、徳川家を陰で支える役目を負わせよという中身だった。密約は但馬守と渡りあった八瀬の長老しか知らない。江戸へ行かされたのは、志乃の四代前にあたる矢背家の女当主であった。橘家の四代目に身柄を預けられ、徳川家への忠誠を誓わせられたのち、御家人の家から婿を取って一家を立て、将軍家毒味役の地位に就いた。

毒味役に就きたいと願ったのは、女当主のほうであったらしい。徳川家に仕える覚悟のほどをしめすべく死と隣りあわせの役目を選んだとも、鬼を奉じる山里の民として鬼の名が冠された役目を選んだとも伝えられている。もちろん、それは表の役目で、裏にまわれば橘家の密命を果たす刺客《しかく》の役目を負わされた。

矢背家の婿となった者は、おのずと奸臣成敗の役目を担うようになった。裏の役目は家人にも漏らさぬようにと厳命されたがゆえに、やがて、八瀬衆の血を引く女たちは本来の役目を忘れていった。

志乃もおそらくは知らぬ。少なくとも、先代に教わってはおらぬだろう。

橘も亡くなったことだし、すべてを告げる潮時かもしれぬと感じてもいたが、蔵人介は勇気を出して踏みきることができなかった。やはり、裏の役目を辞す決断ができるまでは黙っていようと、あらためて心に誓ったのだ。


――ちいん。

志乃が御鈴《おりん》を鳴らす。

身に沁《し》みる余韻《よいん》に紛《まぎ》れて、先代の信頼《のぶより》に何度となく告げられた教訓が甦ってきた。

――毒味役は毒を啖《くろ》うてこそのお役目。河豚《ふぐ》毒に毒草に毒茸《きのこ》、なんでもござれ。死なば本望《ほんもう》と心得よ。

そのことばの裏には、密命に殉じる覚悟を持てという意味もふくまれている。

蔵人介は、そう解釈していた。おもえば、十一で矢背家の養子となり、十七で跡目相続を容認されたのち、二十四のときに晴れて出仕を赦《ゆる》された。十七から二十四にいたる七年間は過酷な修行に身を投じ、養父から毒味作法のいろはを厳しく仕込まれた。それとともに、刺客としての心構えと人を斬ることの難しさを学んだ。

おそらく、志乃にもわかっているのだろう。

わかっているからこそ、時折、もどかしいおもいに駆られるのだ。

本心では、業を背負って生きることの辛さを分かちあいたいのかもしれない。

ともあれ、養父の位牌に手を合わせれば、たちまちに心が浄化されたような気分になる。

かたわらの幸恵とも呼吸が重なり、瑣末《さまつ》な疑いやわだかまりは氷解していく。

それが狙いでもあったのか。

確たる理由はないものの、蔵人介は志乃に感謝したい気持ちになっていた。

四

翌三日は初午《はつうま》、この日は稲荷《いなり》の縁日なので、町のそこいらじゅうから笛や太鼓の音色が響いてくる。

稲荷祭にはかならず、鰶《このしろ》が供された。子孫の繁栄を願う市井の人々は「子の代なり」と称して縁起を担ぐ。ただ、鰶は切腹する際に使う魚なので、侍は「腹切魚」と呼んで嫌う。それひとつとってもわかるとおり、稲荷祭とは庶民の祭りなのだ。

棟割《むねわり》長屋の一角に祀られた狐にも左右一対の染幟《そめのぼり》が立てられ、部屋の戸口には地口行灯が吊されていた。

何と言っても楽しげなのは、みすぼらしい形《なり》をした洟垂《はな》れどもだ。

背丈の大きいのが先頭で「正一位稲荷大明神」と書かれた幟を持ち、みなで「勧《かん》進《じん》、勧進」と声高に叫びながら家々を経巡り、見知らぬ大人たちからも堂々と小銭を集めたり、豆や菓子を恵んでもらう。

ちょうど寺子屋入りの決まった幼子も巷間に溢《あふ》れているため、大人たちは逃げまわるのに必死だった。

蔵人介も道で擦れちがった洟垂れにせがまれ、袖口から小銭を差しだした。

もちろん、里に手渡された六文銭はいまだ、懐中の財布に仕舞ったままだ。

串部の調べで、伊勢守の命を狙った連中が雇われた食いつめ浪人とわかった。

誰が雇ったのかは判然としない。少なくとも、伊勢守の行状をよくおもっていない者の仕業《しわざ》であろう。しかも、藩主の隠密行動をつぶさに知り得る者となれば、小見川藩内部の者も視野に収めておかねばならなくなる。

蔵人介は串部にたいし、里や半兵衛にも手伝わせて藩内の動向を詳しく探るように命じた。

夕刻、みずから足を向けたのは、駿河台《するがだい》の神田川《かんだ》沿いである。かんから太鼓の響きわたる太田姫《おおたひめ》稲荷をめざしつつ、勾配のきつい淡路《あわじ》坂を上ったさきに、御側衆の屋敷があった。

「大曽根調所太夫、城内に根を張る食わせ者のようですね」

かたわらで皮肉な笑みを浮かべるのは、公人朝夕人の土田伝右衛門《でんえもん》だ。

公方《くぼう》家慶の尿筒持ちでありながら武芸百般に長じ、いざとなれば最強で最後の砦《とりで》と化す。土田家は幕初から「間をもって仕える家」としての密命を帯びており、当主の伝右衛門は橘右近の右腕となって暗躍した。蔵人介とも阿吽《あうん》の呼吸で通じあえる数少ない味方だ。

「姉小路さまにも巧みに取り入り、揺るぎなき信頼を得ているようで」

「されば、烏犀圓《うさいえん》と伯州散を渡したのも」

「大曽根にまちがいありませぬ。立ちあった御番医師から証言を得られましたので」

大曽根は御番医師を通じて、あらかじめ如心尼が腫れ物で悩んでいることを吹きこませておいた。そして、周到に頃合いを見計らって、姉小路に件《くだん》の薬をもちこんだのである。

御番医師は大曽根が親切心からやったと頭から信じており、伯州散に仕込まれた毒のことも知らぬし、何ひとつ疑いは持っていないという。

「姉小路さまご自身が服用せぬともかぎらぬ。大曽根はひょっとしたら、如心尼さまのみならず、姉小路さまのお命すら狙ったのやもしれぬな」

「焦りの裏返しかと存じます」

醬油屋の女房が綴った訴状だけは、どうあっても無かったことにしたかった。事情を知る者は、たとい大奥で絶大な権力を持つ姉小路であろうと抹殺する。

「そこまでやらざるを得ぬ理由があったということか」

「生半可な理由ではありますまい。ならば、探り甲斐《がい》もあろうかと」

不敵に笑う伝右衛門の顔を、蔵人介は睨みつける。

「おぬしは、すでに肚を決めたのか」

「何をでござりますか」

「桜田御用屋敷のお方を、新たな抱え主に定めるかどうかよ」

「それが橘さまのご遺言ならば、したがう所存にござります」

淀みなく応じる伝右衛門に、蔵人介は食いさがる。

「密命がいかに理不尽なものであろうともか」

「ふっ、矢背さまらしくありませぬな。お見受けしたところ、いつになく心が揺れておられる。人ひとりの命を滅するのでござる。そもそも、理不尽でない密命などありましょうや。命じられたことを、命じられたままに果たす。それこそが使命であろうと、さように考えております」

伝右衛門の言うとおりだなと、蔵人介はおもった。

橘が自刃を遂げて以来、情に流されやすくなっている。

瀕死の橘に請われ、この手で首を落としたからかもしれない。

壮絶な恩人の最期に立ちあい、将軍に仕える侍の悲哀を感じた。

おそらく、そのこととも関わっているのだろう。

ともすれば無感情とも見紛う冷徹さを損なっている。

気づいてみれば、あたりは薄暗くなっていた。

太田姫稲荷の喧噪《けんそう》も消えてしまったようだ。

しばらくすると、淡路坂の坂下から、担ぎ棒も日覆《ひおおい》も黒いお忍び駕籠《かご》がやってきた。
表門ではなく、海鼠塀《なまこ》に沿って脇道から裏手のほうへまわりこむ。
蔵人介は伝右衛門と顔を見合わせ、怪しげな駕籠尻を追いかけた。
宿駕籠の到着に合わせて裏木戸が開き、ぬっと提灯《ちょうちん》が差しだされる。
用人《ようにん》らしき侍につづいて、頭巾で顔を隠した偉そうな侍があらわれた。
太鼓腹を突きだして歩く風体《ふうてい》からしても、御側衆の大曽根であろう。
大曽根が窮屈そうに乗りこむと、お忍び駕籠は静かに滑りだした。
前後左右を四人の用人で固める気の入れようだ。
いったい、何を警戒しているのか。
心に疚《やま》しいことでもあるのだろう。
辻陰に隠れてやり過ごし、少し間を開けて駕籠尻を追いかける。
あたりが暗くなるのは早く、神田川から吹きよせる風は冷たい。
駕籠は川端の土手道を軽快に進み、小石川《こいしかわ》御門の手前を通過した。
右手の川向こうから、滝のように流れる水音が聞こえてくる。
「どんどん橋か」
さらにそのさきの牛込《うしごめ》御門を渡り、駕籠は神楽《かぐら》坂を上っていった。

泣きを入れたいところだろうが、駕籠かきは黙々と急坂を上る。
やがて、右手に観世音《かんぜおん》を奉じる行元寺《ぎょうがんじ》の山門がみえてきた。
一行は門前を過ぎて横道に折れ、白銀町《しろがねちょう》の暗がりへ消える。
いかにも、ひと目を避けた怪しい動きだ。
用人たちもしきりに周囲を気にしていた。
佇んでいると、空駕籠が道を戻ってくる。
大曽根主従が消えたさきは、黒塀に囲まれた小料理屋だった。
表口の脇には蹲踞《つくばい》が設えられ、茶室のような趣きすらあった。
敷居の向こうはたぶん、瀟洒《しょうしゃ》なつくりになっているのだろう。
宴の相手は先着していたらしく、半刻《はんとき》（約一時間）ほど経っても人影はあらわれない。
ふたりで行元寺の門前まで戻ると、夜鳴き蕎麦の屋台が坂道を上ってくる。
どちらからともなく足を向け、止まった屋台の暖簾を振りわけた。
「月見をふたつ」
蔵人介が注文すると、伝右衛門が嬉しそうに顔を向けてくる。
「月のない夜に月見と張りこみ、玉子ひとつで倍の贅沢」

「投句《とうく》か」

即興にしては、なかなかのできだ。

湯気といっしょに温かい蕎麦をたぐり、濃いめの汁を最後の一滴まで呑みほすと、蔵人介は懐中から大きな蠟燭《ろうそく》を一本取りだした。

「親爺、払いは銭のほうがよいか。それとも、使っておらぬ百目《ひやくめ》蠟燭がよいか」

「百目蠟燭でお願えしやす」

「そうであろうな」

月見蕎麦は二杯で六十四文だが、百目蠟燭は一本百文で転売できる。

暖簾の外へ出ると、身を切るような横風が吹きつけてきた。

伝右衛門は襟を寄せ、悪童のように笑いかけてくる。

「屋台の蕎麦を馳走になるのは、はじめてのことですね。小銭を持ちあわせておらなんだのでしょう」

「洟垂れの稲荷明神に寄進したからな」

「百目蠟燭はどうされたのです」

「稲荷明神から拝借したのさ」

「罰当たりな」

「ただでさえ暗いご時世だ。蕎麦屋の屋台くらいは明るく照らしてやらぬとな」

「何やら、矢背さまらしくありませんね」

いつも超然としている印象が強いのだろう。

蔵人介は薄く笑ってこたえず、小料理屋を遠目にのぞむ辻陰へ戻っていった。

さらに、二刻（約四時間）ほど経った頃であろうか。

表口が騒がしくなり、大曽根主従が外へあらわれた。

すでに、黒塗りの宿駕籠は待機している。

見送りに出てきたのは、布袋顔の商人だ。

「房州屋か」

吉原の総籬で目にした顔にまちがいない。

大曽根は駕籠の人となった。

「気を抜くな」

しんがりに従《つ》いた強面《こわもて》の男が、ほかの三人に指示を出す。

おそらく、用人頭であろう。

物腰をみただけで、かなりの手練《てだれ》だとわかった。

蔵人介たちは帰る駕籠を追わず、さらに半刻ほど待ちつづけた。

すると、黒塗りの宿駕籠が二挺《ちょう》、音も無く横丁に滑りこんできた。
表口から房州屋があらわれ、つづいて狐顔の侍がすがたをみせる。
従者らしき者をふたり、背後にしたがえていた。
素姓を確かめるべく、伝右衛門と駕籠尻を追いかける。
神楽坂の道端には、蕎麦屋台の白い湯気が立ちのぼっていた。
二挺の駕籠を先導する提灯は、急坂をどんどん下っていく。
「あとは頼んだ」
蔵人介は足を止め、伝右衛門はそのまま追いかけていった。
おそらく、駕籠は麻布へ向かうのではあるまいか。
蔵人介は勘をはたらかせた。
麻布の日ヶ窪《ひがくぼ》には、小見川藩の上屋敷がある。
狐顔の侍は藩のお偉方にちがいない。
房州屋が双方の仲を取りもったのだ。
いったい、何のために。
謀事の臭いがぷんぷんしてくる。
「またひとり……」

引導を渡さねばならぬ相手が増えるかもしれない。

それをおもうと、蔵人介の足取りはいっそう重くなった。

五

蔵人介の勘は外れたためしがない。

狐顔の重臣は小見川藩の中老《ちゅうろう》、横根右膳《よこねうぜん》であった。

「横根家は古くから内田家に仕えてきた家柄。右膳自身は国家老《くにがろう》の一派とみなされております」

得々と語るのは、藩の内情を探っていた串部である。

ほとんどは、奥向きに潜りこんだ里からの伝聞らしい。

「国家老は原岡刑部《はらおかぎょうぶ》なる江戸家老を目の敵にしておりましてな、一代で立身出世を遂げた原岡のほうも一派を築き、双方で角突《つの》きあわせているという塩梅《あんばい》で」

国家老の意を汲《く》んだ横根右膳は策士で、原岡刑部を今の地位から蹴落として取って代わろうと狙っているらしい。

たった一万石の藩内でも、熾烈《しれつ》な派閥争いが繰りひろげられている。

蔵人介は心底から溜息を吐きたい気分だった。

「解《げ》せぬのは、平御側の大曽根と横根右膳が結びついたことでござる。何せ、当主の伊勢守をもりたてているのは、江戸家老の原岡刑部ですからな。放蕩三昧を許しているのも、原岡のおかげだとも聞いております。実父の大曽根と原岡が結びつくならわかりますが、何故か、敵対するはずの横根と懇意にしている。大曽根にしろ、横根にしろ、正直、何を考えておるのかわかりませぬ」

「鍵を握るのは、房州屋か」

「仰せのとおり。されど、房州屋をどうにかするまえに、ちとおもしろき趣向がござりましてな」

今から連れていきたいと言われ、蔵人介はめずらしく渋った。

今日は赤穂浪士が切腹して果てた命日なので、芝の泉岳寺《せんがくじ》へ詣でようとおもっていたのだ。

「けっして損はさせませぬ。四十七士の墓に詣でるより、ご利益がありましょうぞ」

胸を張る串部に案内されたのは、麻布十番の馬場下にある鹿島新當流の剣術道場だった。

上屋敷が近いことから、毛利《もうり》家や京極《きょうごく》家の家臣たちが多い。なかでも門弟の数が抜きんでているのは、小見川藩内田家の勤番侍たちだった。その連中が他流試合をおこなうという。

わざわざ出向いてくるのは、虎《とら》ノ門《もん》にある直心影《じきしんかげ》流長沼《ながぬま》道場の猛者《もさ》たちであった。長沼道場は沼田《ぬまた》藩土岐《とき》家の敷地内にあるので、当然のごとく門弟には土岐家の家臣が多い。江戸でも五指にはいる道場だけに、あまり名の知られていない鹿島新當流の連中は分《ぶ》が悪いと考えられていた。

「ところが、そうでもなさそうなので」

串部は意味ありげに笑う。

「ひとりだけ、飛びぬけて強いのがおります。そやつの名は、末吉《すえよし》小平太」

「小平太」

「お気づきになられたか。廓で刺客三人を瞬時に葬った近習にござる」

おもしろいと、蔵人介は胸の裡《うち》につぶやいた。

馬場下の道場へ足を向けてみると、噂を聞きつけた野次馬どもで立錐《りっすい》の余地も無いほど賑わっている。

それでも、串部はどんどん道場の奥へ進んでいった。

「こちらです。矢背さま、こちらへ」

何と、猿顔の半兵衛が最前列の席を確保していた。

むっとするような熱気のなか、すでに勝ち抜き戦は始まっており、当道場の剣士たちが十人中九人までが負かされている。対する長沼道場側は七人を残しており、もはや、勝敗はついたかにみえた。

だが、最後に残った剣士こそ、末吉小平太にほかならなかった。

「小平太、負けたら殿に言いつけるぞ」

仲間の近習らしき者が、叱りつけるような口調で激励する。

周囲から失笑が漏れた。

「入れ墨大名の汚名を雪《すす》ぎたくば、勝つしかあるまいぞ」

野次馬からも、辛辣《しんらつ》なことばが投げつけられる。

「黙れ、無礼者」

小平太は一喝し、手にした竹刀をぎゅっと握りしめた。

無面無籠手だが、喉と急所への突き以外は、いかなる技を繰りだしてもよい。

年恰好も荒ぶる若武者ぶりも、どことなく養子の卯三郎《うさぶろう》に似ていた。

蔵人介は他人とおもえず、心のなかでは勝ってほしいと念じている。

いつになく浮きたっている自分が、どうにも不思議でたまらなかった。

「双方、前へ」

行司役の声で両者が板の間の中央へ繰りだし、立礼《りゅうれい》ののちに身構える。

相手は青眼《せいがん》、小平太は廓のときと同じく右八相の無骨な構えだ。

「とあっ」

「いえい」

空気を裂くような気合いがほとばしり、剣士たちは真正面からぶつかり合う。

ところが、勝負は瞬時に決した。

額を打たれた相手は白目を剥いて倒れ、痙攣《けいれん》しながら泡を吹いている。

すぐさま、仲間に担がれていった。

「つぎっ」

ふたり目の大兵も、小平太の相手ではない。

胸を突かれて息を詰まらせ、場外へ担ぎだされてしまう。

三人目から六人目まで、小平太は一撃で的を仕留めていった。

さすがに、最後の七人目が登場したときは、肩で息をするほど疲れきっている。

それでも、右八相の無骨な構えに揺らぎはない。

いつのまにか、道場のなかは水を打ったような静けさに包まれていた。

まさか、小平太が六人抜きをするとは、誰ひとりおもってもみなかったからだ。

しかも、相手はただの剣士たちではない。音に聞こえた長沼道場の精鋭たちなのだ。七人抜きを達成すれば、江戸じゅうの評判になるのはまちがいないと、誰もが期待しながら固唾《かたず》を呑んでいた。

蔵人介も例外ではない。

串部にいたっては、小平太といっしょに気持ちで闘っている。

何のために道場へやってきたのか、本来の目途《もくと》もすっかり忘れていた。

ひょっとしたら伊勢守も応援に参じるかもしれず、そうであるなら本性を見定めるにはもってこいの好機と考えた。

しかし、伊勢守があらわれる気配はない。

ならば、道場に居座る意味はないはずなのに、蔵人介は勝負の行方を食い入るようにみつめている。

勝て。名も無き道場の威信を示してやれ。

胸の裡で叫び、唇《くち》もとをぎゅっと結ぶ。

「うりゃっ」

「ぬおっ」

凄まじい気合いとともに、最後の一戦がはじまった。

──ばしっ。

竹刀と竹刀がぶつかり合い、木《こ》っ端《ぱ》が四散する。

大将格だけあって、さすがに相手も強い。

名門の威信が懸かっているので、負けるわけにはいかぬ。

両者の覇気が脳天を痺れさせ、みている側も毛穴から汗が吹きだしてくる。

「末吉小平太なる者、病がちな母とふたりで暮らしておるようでござる」

小籔半兵衛が唐突に、ぼそぼそ隣で喋りはじめた。

串部は聞く耳を持たず、勝負の行方を注視している。

蔵人介が無視しても、半兵衛は平然と喋りつづけた。

「伊勢守とは同い年の二十四。唯一、殿さまが心をお許しになられる近習だとか。賭け事もせず、浮いたはなしひとつない。廓でも終始、末席にじっと座っておるそうです。あの忠義者が壁となって立ちはだかったら、矢背さまはどうなされる。それでも、伊勢守をお斬りになるのでござるか」

知らぬわ。こたえたくもない。

長沼道場の剣士が青眼の構えから、剣先を隠す脇構えに転じた。

力瘤《ちからこぶ》のめだつ丸太のような腕は、三貫（約一一キロ）の振り棒を日に千回振る猛稽古のたまものであろう。

脇構えは直心影流では「陽の構え」に区分けされ、通常は他流試合に用いない。

禁断の構えを取らざるを得ぬほど、追いつめられているということなのだろう。

一方、小平太のほうも「引《いん》の構え」と呼ぶ右八相から竹刀の切っ先を後方に寝かせ、極端に左肘を突きだした構えを取る。こちらは鹿島新當流で「車《しゃ》の構え」と称する脇構えであった。

対峙する相手には、石のごとく突きだした左肘と小平太の眼光しかみえない。

相手を萎縮させるほどの圧力を感じた。直心影流の伝書にも記された「泥牛鉄山《どろうしてつざん》を破る」ほどの気概がなければ、恐ろしくて一歩も踏みこめまい。

「どりゃ……っ」

それでも、相手は泥牛と化して踏みこんできた。

突くとみせかけて右八相に転じ、一撃必殺の袈裟懸けを繰りだす。

小平太は身をくねり、これをひらりと躱《かわ》した。

すかさず霞みに構え、竹刀を大きく振りかぶる。

「や、えい、は、と」

独特の気合いを発しながら、たてつづけに左右から振り太刀を繰りだした。

――ばしっ、ばしっ。

相手は受け太刀を取り、どうにか反撃をしのぎつづける。

「や、えい、は、と」

小平太は攻撃の手を弛めない。

その動きはまるで、御幣《ごへい》を振る神官の禊祓《みそぎはら》いにも似ていた。

「身は深く与え、太刀は浅く残して心はいつも懸かりにてあり」

蔵人介が口ずさんだのは、よく知られた鹿島新當流の剣理だ。

身を晒《さら》して相手を誘い、一瞬の隙を衝いて仕留める。

流派の剣理を、小平太は忠実に体現していた。

「ぬおっ」

技を封じられた相手は、一か八かの賭けに転じる。

竹刀と腕を一本の槍と化し、頭から突きこんでいったのだ。

小平太は「槍」を懐中へ呼びこみ、身を捻《ひね》って相手に背中を向けた。

すっと腰を沈め、つぎの瞬間、独楽《こま》のように回転する。

水平に構えた竹刀を、大きな半円を描くように振りきった。

——ぶわっ。

風を切る音が聞こえた。

と同時に、肋骨の砕ける鈍い音が道場に響く。

「くかっ」

長沼道場の大将格は血を吐き、膝からくずおれた。

小平太は横薙《な》ぎに相手の胴を薙いでいたのである。

竹刀はおのが勢いに負け、まっぷたつに折れていた。

「吊り胴寸断」

串部が声を震わせるとおり、据え物斬りにそんな技の名がある。

壮絶な一撃を目《ま》の当たりにして、誰もが呆気にとられていた。

しばらくすると、野次馬のなかから歓声が沸きおこった。

串部も興奮の面持ちで叫んでいる。

「やった、やったぞ、七人抜きだ」

顔を赤らめる小平太のすがたが初々《ういうい》しい。

「久方ぶりに、よいものをみせてもらった」

蔵人介のつぶやきも、嵐のような歓呼に掻き消されてしまう。

ふとみれば、かたわらに半兵衛はいない。

――それでも、伊勢守をお斬りになるのでござるか。

猿顔の間者に問われた台詞が、呪文のようにまとわりついてきた。

六

二日後の夕刻、蔵人介は鈍色《にびいろ》の裃《かみしも》を装ったすがたで、城内中奥《なかおく》の笹之間《ささのま》に端座《たんざ》していた。

毒味御用にいそしんでいるところだが、部屋のなかはしんと静まり、汁を啜ったり物を咀嚼《そしやく》する音はわずかも聞こえてこない。相番《あいばん》となって日の浅い逸見鍋五郎《はやみなべごろう》は緊張しっぱなしで、遠慮がちに唾を呑みこむ様子さえ哀れにみえた。

公方に供する夕餉の御膳は一汁五菜と定めてあるものの、厳格に守らずともよい。汁は鯉こく、刺身は旬の魚と貝、酢の物に煮物、かまぼこに玉子焼き、両様と称する鱚《きす》の塩焼きと漬け焼き、さらには鴨肉などが定番だ。

酒好きの家慶は鱲子《からすみ》や海鼠腸《このわた》といった肴《さかな》を好み、何よりも膳に欠かせぬのは谷《や》中《なか》の葉生姜《はじかみ》であった。

もちろん、蔵人介は酒も嘗め、葉生姜も口にする。

今宵の魚は石鰈《いしがれい》に鰤《ぶり》、貝は鮑《あわび》、川魚は子持ち鮒《ふな》に小鮎《こあゆ》、付け合わせは蕨《わらび》、若蓼《わかたで》、筍《たけのこ》、春菊などといった塩梅で、いずれも春を感じさせるものばかりだ。

いまだ余寒の残る梅見時は、何と言っても子持ちの鯛《たい》が美味い。

公方の御膳は連日のように鯛尽くしで、刺身から練り物、一夜干しにした興津鯛《おきつだい》、煮物から焼いた尾頭付きまで供される。

鯛は腐りにくい魚なので、多少は痛んでいても市井の家ではよく洗い、強めの塩をふって焼いたり煮たりする。だが、公方に供される鯛は日本橋の魚河岸にて選びぬかれた今日一番の逸品であった。

蔵人介は懐紙で鼻と口を隠し、自前の竹箸を器用に動かす。

毛髪はもちろん、睫毛《まつげ》の一本でも料理に落としてはならない。料理に毒味役の息がかかるのも不浄とされ、箸で摘んだ切れ端を口へ運ぶだけでも気を遣う。一連の動作をいかに速く正確におこなってみせるか、それこそが毒味役の優劣を決める尺度だが、蔵人介の所作は優美かつ洗練されており、観世《かんぜ》流や金春《こんぱる》流の名人が能を演じているかのごとき静謐《せいひつ》さに包まれていた。

いよいよ毒味も終わりに近づくと、蔵人介は鬼役にとっての関門、腕のみせどころとも言うべき尾頭付きの骨取りにとりかかった。

竹箸の先端で丹念に骨を取り、できるだけ原形を保ったまま適度に身をほぐさねばならない。頭、尾、鰭《ひれ》の形を変えずに骨を抜きとるのは、熟練を要する至難の業と断じてよかろう。

ところが、蔵人介は骨取りも難なくこなしていった。

「ふう」

安堵の溜息を吐いたのは、つくねのような顔をした逸見のほうである。

本人が言うには「婿養子の子だくさん」で、無役の小普請組《こぶしんぐみ》から抜けだし、どうにか中奥《なかおく》に居場所を得た。大喜びしたのもつかのま、寄こされたさきが毒を啖う覚悟のいる役目と知り、みずからの不運をしきりに嘆いてみせた。

「優雅な所作にくわえて、何事にも動じぬ堂々とした物腰。それがしは、とても矢背さまのようにはまいりませぬ。何せ、毒を口にして死にいたった御仁もおったと、会う人ごとに脅かされましたからな。ま、悪い冗談でしょうけど」

「脅しでも、悪い冗談でもない」

「えっ、そうなのでござるか」

毒を啖って悶死《もんし》した者もいれば、みずから毒を仕込もうとした者もあった。

相番はどちらか一方が毒味役となり、別のひとりは監視役にまわらねばならない。監視役は毒味の一部始終を注視するだけでなく、いざとなれば、落ち度のあった相番を成敗する役目も負っていた。

「もしや、笹之間で刃に掛けた相番もあったと仰る」

「ちょうどそのあたり、おぬしの座る畳のあたりが血まみれになったこともあったな」

「ひえっ」

「すべてはお役目、狼狽《うろた》えるほどのことではない」

「……そ、そんな」

逸見が蒼褪めたところへ、小納戸《こなんど》方の若侍が中腰であらわれた。

恭《うやうや》しく一礼し、骨取りを終えたばかりの尾頭付きを運んでいく。

台所頭による指図のもと、大厨房でつくられた料理はまっさきに笹之間へ持ちこまれた。そして、裃姿の鬼役が毒味を済ませたのち、小納戸方の手で「お次」と呼ぶ隣部屋へ運ばれる。「お次」に設えた炉で汁物は温めなおし、ほかの料理は椀や皿に盛りなおす。さらに、梨子地金蒔絵《なしじきんまきえ》の懸盤《かけばん》に並べかえられ、銀舎利《ぎんしゃり》の詰まったお櫃《ひつ》ともども、公方の待つ御小座敷《おこざしき》へ運ばれていくのである。

中奥東端の御膳所から西端の御小座敷までは遠く、小納戸方の配膳係は御座之間《ござのま》と御休息之間《ごきゅうそく》を右手にみながら長い廊下を足早に渡っていかねばならない。当然ながら、懸盤を取りおとしでもしたら首が飛ぶ。滑って転んだ拍子に汁まみれとなり、味噌臭い首を抱いて帰宅した哀れな若侍も何人かいた。

長らく笹之間に詰めていれば、予期せぬ不幸に出会《でくわ》すこともある。

一見すると絢爛《けんらん》華麗にみえる城内も、随所に血腥い出来事の痕跡は見受けられた。外から寄こされたばかりの者には理解できまいし、知らないで済ませたいところだろう。

逸見は居たたまれなくなり、ふいに話題を変えた。

「じつは、羨ましい噂を小耳に挟みました。出世双六《すごろく》を眺めてみると、われら旗本のあがりは御町奉行か御勘定奉行を経て大目付《おおめつけ》となり、運がよければ御側衆というのが定式《さだめしき》になっておりますが、御勘定奉行から平御側となり、さらにそこから御老中でさえ頭のあがらぬ御側御用取次《おそばごようとりつぎ》へご出世なさるやもしれぬお方がおられます」

蚤《のみ》の心臓のわりには噂好きでもある逸見の口から「大曽根調所太夫」という名が発せられたので、蔵人介は顔を顰《しか》めずにはいられなくなった。

「大曽根さまは四千石の御大身《たいしん》ゆえ、貧乏旗本のそれがしなんぞとくらべられませぬが、それにしても羨ましゅうござる」

噂の出所が知りたくなった。

逸見は勝手に喋りつづける。

「知りあいが表向《おもてむき》に出仕したおり、たまさか土圭之間《とけいのま》前の御廊下で立ち話を聞いてしまいましてな。大曽根さまのお相手は、筆頭老中の水野越前守さまであられたとか」

水野から直に昇進の内示らしきものがあったというのである。

逸見の知りあいは咄嗟《とっさ》に気配を殺し、廊下からそそくさと立ち去ったらしかった。

「大きな声では申せませぬが、よほど立ちまわりの上手なお方なのでござりましょう。噂では打ち出の小槌を手にしておられるとか。立身出世に欠かせぬものは、何よりもまず山吹色《やまぶきいろ》にござりましょうからな。おおかた、大奥の姉小路さまあたりをまんまと取りこみ、そちらからも幕閣のお歴々にお声を掛けていただいたのでござろう」

誰よりも忙しい水野越前守と立ち話ができるだけでも、大曽根は別格の扱いを受けているとみなすべきであろう。

逸見の言うとおり、それもこれも金の力に相違ない。

大物にばらまかれた金は、千両や二千両では足らぬ。

打ち出の小槌とは何なのか、蔵人介は知りたくなった。

脳裏に浮かんだのは、横根右膳の狐顔と房州屋の布袋顔だ。

ひょっとしたら、小見川藩が関わっているのかもしれない。

いずれにしろ、おもいがけず、看過できないはなしを聞いた。

七

二日後、八日は事始め、正月中に飾った歳棚《としだな》を外す。

家々では竹竿のさきに籠をつけ、大屋根のうえに高く掲げる。これには天からの宝物を受けとる狙いと、籠は鬼が恐れるものゆえに邪鬼祓いの意味もあるという。

鬼を奉じる矢背家では、当然のごとく籠を掲げない。

賄《まかな》いでは、おせきが六質汁《むしつじる》をこしらえた。

牛蒡《ごぼう》、芋、人参、焼き豆腐、蒟蒻《こんにやく》、大根などに赤小豆《あかあずき》と味噌をくわえ、大鍋でごった煮にする。煮えにくいものから「おいおい」に入れるので、駄洒落好きな江戸の連中は「従弟煮《いとこ》」と名付けた。侍町人を問わず、何処の家でもつくられる。

また、この日は針供養でもあり、裏長屋の戸口などに折れ針の無数に刺さった豆腐が見受けられた。

志乃と幸恵は朝から連れだって、北沢《きたざわ》の淡島明神《あわしま》へ針供養に出掛けている。淡島明神は牡丹《ぼたん》の名所、行楽も兼ねてのことだ。

久方ぶりの晴天なので、さぞや人出も多かろう。

昼餉にひとりで六質汁を食べていると、串部が深刻な顔で庭先にあらわれた。

「殿、一大事にござります」

「血相を変えてどうした。こっちに来て、まずは六質汁でも食え」

「もちろんいただくつもりですが、そのまえに。小見川藩江戸家老の原岡刑部が殺されました。昨夜遅く、麻布藩邸そばの暗闇《くらやみ》坂で何者かに斬られたそうです」

藩邸周辺をそれとなく探っていたところ、串部は里からの急報を受け、その足で馳せ参じたらしかった。

「藩内では早くも、つぎの江戸家老に誰がなるのか取り沙汰されており、もっとも有力視されておるのが、中老の横根右膳だそうです。何やら、臭いませぬか。藩政の実権を握るべく、江戸家老に刺客を放ったのでは」

串部は部屋に上がりこみ、椀に汁をよそって勝手に食べはじめる。

「くうっ、おせきのつくった味噌汁は美味い。洛北の出だけに、ちと薄味にござりますが、それがしにはちょうどよい。旨味が胃袋に沁みますなあ」

阿呆め、おぬしはおせきに尾けられておったのだぞと、蔵人介は胸の裡で毒を吐く。

叱ったところで、尾けられるときは尾けられるし、おせきからは逃れられぬとわかっているので、先日の経緯は串部に喋っていなかった。

ずるっと汁を啜る串部の出自は、美濃《みの》国の郡上八幡《ぐじょうはちまん》である。

郡上八幡も汁は薄味なのであろうかと、蔵人介はみずからに問うた。

厄介事が勃《お》こったときは、できるだけ別のことを考えるようにしている。

不思議とそうすることで、物事の本筋がくっきりとみえてくるからだ。

「横根は日頃から近習などに向かっても、伊勢守を平気で『養子、養子』と呼んで蔑んでおるらしく、目の上のたんこぶでもあった原岡刑部亡きあと、公然と伊勢守の排斥《はいせき》に向かうのではないかと、さような噂も藩内では飛びかっております」

「いかなるときも当主を奉じるべき臣下としてのさようなふるまい、ほかの藩士たちは許しておくのか」

「不思議なことに、藩士たちのあいだには容認できる素地が築かれておるようで。理由のひとつは、つぎの継嗣《けいし》が七つの亀千代《かめちよ》さまで定まったことにござります」

亀千代は七年前に逝去した先々代の忘れ形見で、側室に産ませた唯一の男児だった。生まれたばかりのときは育つかどうかもわからぬので、先代は子に恵まれなかった事情もあり、外から末期《まつご》養子を貰うことに決めた。それが、のちに入れ墨大名となる正次であった。

亀千代が順調に育つにつれて、旗本出身で内田家の血を引いていない正次は肩身の狭いおもいをしてきたにちがいない。羽目《はめ》を外して自暴自棄になりたい気持ちもわからぬではなく、そのあたりをよく理解していたのが、傅役《もりやく》でもあった江戸家老の原岡刑部であったという。

「原岡が亡くなって、伊勢守は針の筵《むしろ》に座らせられたと評する者もござります。何せ、評判が悪うござりますからな。例の醬油問屋の娘が陵辱《りょうじょく》されて殺められた一件も、藩士のあいだにじわじわと広まっております。いまだ噂の域を出ませぬが、さように酷《ひど》い仕打ちをやった殿さまなら、仕えるわけにはいかぬと息巻く者も出てきたとか」

「その噂、出所を探る必要がありそうだな」

「えっ」

「横根の周辺がばらまいた噂かもしれぬ」

「殿さまを排するために、重臣がそこまでやりますかね」

串部は箸を止め、首を捻る。

蔵人介は、じっと壁をみつめた。

ことによったら、横根は醤油屋の娘の死にも関わっているかもしれない。

殿さまに濡れ衣を着せ、愚行の噂を流して代替わりを狙う。

うがちすぎる筋だが、大名の代替わりとは、おもっているほど簡単なものではない。

どのような小藩であっても、利害のぶつかる者同士が虚々実々の駆け引きを繰りひろげる。

真相は何処にあるのか、調べてみなければなるまい。

そのこともあわせて指示しかけると、串部が真剣な顔を向けてきた。

「じつは、申しあげ辛いことが」

「何だ」

「斬られた江戸家老にござりますが、胴を臍《へそ》のところでまっぷたつに断たれておりました。酷い死に様にございます。殺《や》ったのは並みの刺客ではございませぬ。それがし、その技を何処かで目にしたおぼえがございます」

「吊り胴寸断、末吉小平太か」

「はい」

鹿島新當流の道場で目にした技は、蔵人介も瞼《まぶた》の裏に焼きつけている。

だが、伊勢守に誰よりも忠実な末吉小平太が、伊勢守の後ろ盾でもある江戸家老を斬殺したとはおもえない。

「仰せのとおりにございます。されど、それがし、あれだけの技を繰りだす者をほかに知りませぬ」

「知らずとも、捜すしかあるまい」

蔵人介はめずらしく、感情も露わに叱りつける。

串部は途方に暮れたように首を振りつつも、空になった椀におせきの六質汁をよそった。

八

五日後の夜、蔵人介と串部のすがたは鮫洲《さめず》の海雲寺《かいうんじ》境内にあった。

海雲寺は紅葉で知られる海晏寺《かいあんじ》から分かれた曹洞宗《そうとうしゅう》の寺だ。この時季、曹洞宗の寺院では薪能《たきぎのう》がよく催される。盛大なものは南都興福寺《こうふくじ》の南大門でおこなわれる薪能だが、これにあやかった恒例の行事であった。

境内の一角には能舞台が設けられ、左右に立つ大篝《おおかがり》の炎が夜風に揺れている。

幽玄な情景に誘われそうになったが、薪能を堪能しにきたのではない。

小見川藩の入れ墨大名を追って、品川《しながわ》宿のさきまでたどりついたのだ。

すでに終盤、序破急《じょはきゅう》五段目の切能物《きりのうもの》では『海士《あま》』が演じられている。

都の大臣が讃岐《さぬき》国志度浦《しどうら》へ生みの親を捜す旅に出て、亡くなった母の化身である海士に出自の秘密を教わる。命じられたとおりに経文を唱えて追善供養すると、母は竜女となって成仏する。たしか、そんな筋だ。

能面や狂言《きょうげん》面を打つのが唯一の嗜《たしな》みだけに、蔵人介は能にも精通している。

能楽師の洗練された呼吸法や間の取り方は武道の所作にも通じるので、どうしても舞台に目が吸いよせられた。

囃子方《はやしかた》の笛や太鼓が闇を掻き乱している。

観世流のシテは「泥眼《でいがん》」と呼ぶ、目に金泥《こんでい》のほどこされた女面をつけ、鬘《かつら》を振って激しく舞いながら竜の化身を演じていた。

小雨が降っているせいか、床几《しょうぎ》に腰かける人もまばらだ。

伊勢守は最前列に陣取り、食い入るように舞台をみつめている。

「追善のつもりでござろうか」

串部は苦々しく言いすてる。

「江戸家老の喪が明けてもおらぬのに、いい気なものでござる」

たしかに、罰当たりにもほどがあろう。

小見川藩の内外では、大きな動きがあった。中老の横根右膳は江戸家老となり、平御側の大曽根調所太夫は正式に公方家慶の御側御用取次になることが決まった。ふたりの仲を取りもった房州屋彦右衛門は異例の出世を遂げ、何と幕府御用達の醬油問屋に引き立てられる見込みだという。

悪党どもが筋書きどおりに地歩《ちほ》を固めているにもかかわらず、一国を統《す》べるべき伊勢守は薪能の鑑賞にうつつを抜かしている。

おそらく、こののちは「精進落とし」と称し、品川宿の岡場所にでも繰りだすつもりであろう。吉原を除けば、東海道《とうかいどう》の出入口となる品川宿近辺は、唯一、町奉行所の監視が緩いところだ。そのことを知ったうえで足を運んだとすれば、やはり、伊勢守は大名の地位に居座っているべき人物ではあるまい。

年貢で苦しむ領民を一顧《いっこ》だにせず、政事《まつりごと》に背を向け、庇ってくれた忠臣の死をも悼《いた》もうとせぬ。かように暗愚な当主を生かしておくべきかどうか。蔵人介は如心尼の密命を粛々と実行するべきかもしれぬと考えはじめていた。

だが、踏みきる決断はつかない。

たとい暗愚な当主でも、必死に守ろうとする近習たちのすがたを目にしたからだ。末吉小平太は今宵も伊勢守の背後に控え、堅固な盾の役目を担っている。小平太の切なすぎる忠義を目の当たりにすると、白刃を抜く決断はぶれてしまうのであった。

伊勢守は手にした竹筒をかたむけ、ぐびぐびと酒を呑んでいる。

これを戒めるべく身を寄せた小平太は、竹筒の底で額を叩かれた。

割れた額から血が流れ、周囲はざわめきだす。

それでも、泥眼のシテは舞いつづけていた。

伊勢守はすっくと立ちあがり、後ろを向いて声を張りあげる。

「精進落としじゃ」

吼えながら、袖を揺らして踊りはじめる。

もはや、どちらが舞い手かもわからない。

客たちは潮が引くように遠退き、泥眼のシテは舞台上に立ちすくむ。

囃子方の笛や太鼓も消え、堂宇《どうう》の屋根を打つ雨音だけが聞こえている。

「精進落としじゃ」

伊勢守は血まみれの竹筒を振りあげ、何度も同じ台詞を繰りかえした。

酔ったうえでの蛮行なのか、それとも物狂いとなる兆候なのか。

近習たちすら呆《あき》れかえり、漫然と見守るしかない。

ただひとり、小平太だけが暴走を止めようとしていた。

「ええい、放せ。邪魔をするな」

足蹴《あしげ》にされ、竹筒でしたたかに叩かれても、腰にしがみついて放そうとしない。

そうした主従のすがたを、左右から冷たい目でみつめる連中があった。

餓えた野良犬どもだ。

「殿、刺客にござる」

串部は言うが早いか、両刃の同田貫を抜きにかかった。

が、蔵人介はこれを制し、助っ人に向かわせない。

伊勢守が斬られる理由はあっても、助ける理由はないからだ。

「ぎゃっ」

近習のひとりが斬られ、血を噴いて倒れた。

廓のときと同じく刺客は七、八人だが、あのときよりも腕の立つ連中を揃えている。

近習たちはたてつづけに斬られ、刺客どもは的に迫った。

ところが、最後の一歩で躓《つまず》いてしまう。

「ぬえいっ」

小平太は白刃を抜いていた。

「や、えい、は、と」

独特の気合いを発し、刺客どもを斬っていく。

まさに強靭《きょうじん》な盾となり、伊勢守を守りとおそうとした。

刺客は五人に減ったが、近習たちも無事ではない。

まともに闘っているのは、小平太のみとなった。

しかも、刺客たちはあらかじめわかっていたかのように、手強《てごわ》い小平太を巧みに誘いだそうとする。

「まずいな」

蔵人介はつぶやき、身を沈めて影のように動いた。

小平太は刺客たちに惑わされ、伊勢守から離れてしまう。

伊勢守はひとりぽつねんと残され、途方に暮れたような顔になった。

その背後に、予期せぬ殺気が迫ってくる。

能舞台のうえだ。

泥眼のシテが長尺の刀を抜き、右八相に構えていた。

「ん、あの構えは」

腰をどっしり落とし、両肘を極端に張っている。

まさしく、鹿島新當流の「車の構え」にほかならない。

「あっ」

小平太も殺気に気づき、驚愕の面持ちで振りむいた。

刹那、相手に左肩を斬られ、がくっと膝をついてしまう。

「伊勢守、お覚悟」

泥眼のシテは床板をとんと踏み、高々と舞いあがった。
伊勢守は口をぽかんと開け、身を捻ったまま見上げることしかできない。
と、そこへ、一陣の影が迫った。
蔵人介である。
――びゅん。
抜刀した鳴狐が、シテの動きを制した。
それどころか、面を斜めに断っている。
シテに化けた刺客はたじろぎ、尻餅をつかんばかりに身を反らした。
その足許には、まっぷたつになった泥眼の面が転がっている。
どうやら、傷は負っていない。
蔵人介の一撃を躱すとは、尋常な手合いではなかろう。
刺客は片手で咄嗟に顔を隠したが、その顔はしっかり目に留めた。
「くそっ、退《ひ》け、退けい」
刺客と化したシテは叫び、舞台の向こうへ逃げていく。
串部が駆けこみ、猪の勢いをもって追いかけた。
追いかけずとも、相手の素姓はわかっている。

蔵人介は素早く白刃を鞘《さや》に納めた。

「……か、かたじけのうござります」

小平太が蹌踉《よろ》めくように近づいてくる。

不覚にも受けた傷は、幸い浅傷《あさで》らしい。

「あなたさまのおかげで、九死に一生を得ることができました。どうか、御姓名をお聞かせください」

「名乗るような者ではない」

「そこを何とか、お願いいたします。御姓名をお聞きできねば、わが主君にとっても一生の恥になりまする」

迷ったすえに、蔵人介は静かに応じた。

「矢背蔵人介と申す」

「名のある剣客とお見受けいたす。もしや、お旗本であられますか」

「ふむ」

「これはご無礼を。申し遅れましたが、それがしは末吉小平太にござります。事情あって藩名は申せませぬが、とある藩の藩士にござります」

「ふむ、わかった。詳しい事情はけっこう。刺客が戻ってくるまえに、早々にここから立ち去るがよかろう」
「はっ、かたじけのう存じます。この御礼は後日」
「礼などせんでよい。早う傷の手当てをせよ」
蔵人介は深々とお辞儀をする小平太から、伊勢守のほうへ目を移した。
反っくり返って暗い空を見上げ、懸命に雨粒を口にふくもうとしている。
頰に流れているのは雨ではなく、とめどもなく溢れる涙のようであった。
何故、泣くのだ。
胸の裡で問いかけても、伊勢守は振りむかない。
小平太に促され、ようやくその場を離れていった。
主従の去ったあとには、敵か味方かも判然とせぬ屍骸が残された。
物狂いとも見紛う放蕩《ほうとう》大名を、泥眼のシテに代わって成敗することもできた。
命懸けで守ろうとする忠臣を足蹴にする当主など、生きている価値は微塵《みじん》もない。
それでも斬らずにおいた理由を、蔵人介は雨に打たれながら考えつづけた。

九

翌々日の夕刻、御納戸町の家に訪ねてくる者があった。

左腕を白い布で吊った末吉小平太である。

「ご迷惑も顧《かえり》みず、武鑑《ぶかん》で矢背さまの御在所を調べて罷り越しました」

手土産まで携えている。

「故郷には、こんなものしかございませぬ」

一升徳利にはいった醤油であった。

蔵人介は、にやりと笑う。

「小見川藩内田家のご当主も、その醤油を使っておられるのか」

小平太は、はっとした。

「やはり、わが藩のことをご存じでしたか。あとでじっくり考えてみるにつけ、海雲寺で居合わせたのは偶然ではあるまいと思い至りました。わが殿に何かご用でもおありでしたか」

「ちと灸を据えてさしあげようとおもうてな」

「えっ」

「ふふ、戯《ざ》れ言《ごと》だ。とりあえず、なかへはいるがよい」

幸恵に案内させ、客間ではなく、中庭のみえる縁側へ通させた。

庭の一隅には、志乃の好きな金縷梅《まんさく》が咲いている。

初めての客を縁側に招くことなど、稀にもないことだ。

幸恵も蔵人介の気持ちを察し、燗酒の仕度をしはじめる。

運ばれてきた肴は、御膳所から貰った鱲子《からすみ》だった。干した小鰯《こいわし》を飴煮にした田作《ごまめ》もあれば、おせきの作った「やせうま」という団子もある。「やせうま」は矢背家に古くから伝わる涅槃会《ねはんえ》のお供え物で、小麦粉を捏《こ》ねて長く伸ばしたうえに黄な粉をまぶした代物だった。「八瀬、美味い」から転じた名らしく、平安期に八瀬から豊後《ぶんご》国に伝わったとも言われている。

小平太は遠慮したが、一杯だけとすすめられて酒をひと口呷《あお》ると、ようやく肩の力を抜いた。

「傷のほうはどうだ」

「なあに、掠《かす》り傷にござります。そんなことより、矢背さまのご評判を随所でお聞きしました。どなたにお聞きしても、幕臣随一の剣客だと仰います。それゆえ、益々、放っておけなくなりました」

「まさか、立ちあいにまいったのではあるまいな」

「いずれそのうちに、一手御指南いただきとう存じます」

「わしもな、そう考えておったのだ。おぬしほどの手練は、江戸広しといえども捜すのは難しかろう。しかも、まだ若い。伸びしろは充分にある」

「矢背さまからお褒めに与《あずか》るとは、天にも昇る心持ちにござります。勇気を出して参じた甲斐がありました」

酒を注いでやると、小平太は嬉しそうに盃をかたむけた。

おもっていたとおり、素直で好感のもてる若侍だ。

「ご当主の伊勢守さまは、いかがなされておる」

「刺客なんぞ恐れるに足らずと、うそぶいておられます。畏れながら、存外に信心深いところがあられましてな」

今日は涅槃会ゆえに精進潔斎《けっさい》し、上屋敷の御座所《ござしょ》でゆっくり休んでいるという。

外出の予定もないので、小平太は役目の間隙《かんげき》を縫うように訪ねてきたのだ。

「陽が落ちてから、花街を出歩く心配も無いというわけか」

蔵人介の皮肉にはこたえず、小平太は曖昧《あいまい》な笑みを浮かべてみせる。

「さまざまな悪評は小耳に挟んでおるぞ。お命を狙ったのも、ご当主の行状を芳《かんば》しからずとおもっている連中の所業であろう」

小平太が盃を置き、身を乗りだしてきた。

「矢背さまは、刺客の面相をご覧になりましたか。もし、素姓がおわかりなら、お教えいただけませぬか」

「知ってどうする」

「無論、しかるべき手段を講じねばなりませぬ。何せ、一国を統べる当主の命を狙ったのですからな」

「おぬしに何ができる」

「えっ」

「相手のほうが一枚も二枚も上手かもしれぬぞ。下手に動けば、相手の罠に嵌《は》まるやもしれぬぞ」

「罠」

「落ちつけ。たとえばのはなしだ。わしが刺客の顔をみたからというて、証拠《あかし》にはなるまい。相手にあらぬ疑いを掛けられたと騒ぎたてられたら、近習から外されるかもしれぬぞ。おぬしがおらぬようになったら、殿さまは丸裸も同然となる。そこのところを、よくよく考えよ」

「されば、お教えいただけぬと」

「そもそも、知らぬのだ。刺客の顔などみておらぬ」

「信じてもよろしゅうございますか」

「無論だ。おぬしは早う傷を治せ」

後顧のことは任せろと、蔵人介は胸の裡に囁いた。

刺客はもちろん、命じた黒幕の正体もわかっている。

そちらの始末をきっちりつけてから、伊勢守をどう裁くか決めるつもりだった。

小平太は勘をはたらかせ、鋭い問いを投げかけてくる。

「さきほど、わが殿に灸を据えねばならぬと仰いましたな。あれはいったい、どういう意味にござりましょう。まさか、矢背さまはわが殿を討とうとして、海雲寺に来られたのですか」

「莫迦《ばか》な。一介の毒味役が何故、一万石の殿さまを討たねばならぬ。おぬしの考えすぎだ。海雲寺におったのも偶然にすぎぬ。まんがいち、ご当主のお命を狙っていたとしたら、刺客を阻もうとはせなんだであろう」

「それはまあ、そうでござりますが」

納得できぬ様子の小平太を、蔵人介は鋭い目で睨みつけた。

「逆《さか》しまに問いたい。おぬしは何故、あのような素行の芳しからぬ殿さまに忠義を尽くすのだ」

「それは無論、臣下ゆえにでござります」

「何もそう、硬く考えずともよかろう。こう言ったら腹が立つかもしれぬが、どうしようもない殿さまにつきあって、おぬしまで身を滅ぼすことはあるまい」

小平太は怒らず、意外にも冷静に応じてみせる。

「忠の字を忘れたら、侍ではなくなります。それがしがこの世に生きる意味も消えてしまうのです」

「ならば、殿さまを諫《いさ》めようとはおもわぬのか」

「諫めるまでもござりませぬ。殿はわかっておられます。されど、あんなふうに羽目を外すことでしか、今は正気を保つことができぬのです」

「養子ゆえの悲哀をかこっておられるとでも」

「何がどうと、それがしのごとき軽輩が口にすることではござりませぬ。されど、お側についた者がひとりでも多く、お気持ちを察して差しあげねばなりませぬ。それがしはそのような臣下になりたいと、常日頃からおもいつづけております」

あまりに立派な返答に驚き、蔵人介は内心で舌を巻いた。

真剣な眼差しが眩《まぶ》しすぎ、目を逸《そ》らしてしまったほどだ。

「殿に一度だけ、笑いかけていただいたことがござります」

小平太はそのときの情景をおもいだし、にっこり笑いかけてきた。

「何かのきっかけで、それがしに許嫁《いいなずけ》がいることをお知りになったのです。殿はそのとき、こう仰せになりました。『ひとりのおなごをおもいつづける。それほど羨ましい生き方はないのだぞ』と。しみじみと仰せになったあと、それがしに満面の笑みをかたむけられたのです。あのお顔だけは忘れられませぬ。何があろうと忘れまいと、いつも心に誓っております」

小平太は帰り際に、おのれの抱いている夢を語ってくれた。

いずれは藩の剣術指南役となり、諸藩にも流派の剣理をひろめたいらしい。できるだけ早く許嫁と祝言をあげ、病がちな母親を安心させてやりたいとも言った。

蔵人介は何度もうなずき、小平太のために何かしてやりたいとすらおもった。

「じつはそれがし、時折、殿の御毒味役も仰せつかっております」

「何と、そうであったか」

「近いうちにまたお伺いし、矢背さまに毒味の作法をお教えいただけまいかと」

「承知した。待っておるぞ」

門から外へ送りだすころには、杏《あんず》色の夕陽が落ちかけていた。

帰りがけに亀岡《かめがおか》八幡宮へ詣っていくというので、わざわざ浄瑠璃坂の坂上まで送ってやる。

小平太は沈む夕陽を背に受け、坂道をどんどん下っていった。

途中で足を止めて振りむき、右手をおもいきり振ってみせる。

「転ぶでないぞ」

柄でもない叫び声が届いたかどうかはわからない。

それが末吉小平太を目に留めた最後の光景になろうとは、蔵人介はこのとき考えもしなかった。

十

蔵人介は麻布日ヶ窪の小見川藩邸へ向かい、長屋門の片隅でしめやかにおこなわれた通夜に参じたあと、辻駕籠を拾って向両国《むこうりょうごく》の『鳥弥佐《とりやさ》』という水炊きを食べさせる料理屋へやってきた。

箱庭に面した離室《はなれ》では、串部と里が待ちかまえていた。

火鉢のうえに置かれた鍋には、白い出汁《だし》が入れてある。

「お待ち申しあげておりましたぞ」

串部はさっそく渋団扇《しぶうちわ》をぱたぱたやり、炭の火を勢いづかせた。

笊《ざる》には旬の野菜と鶏肉がどっさり盛られ、なかなかに豪勢な見栄えだが、通夜から戻ったばかりで箸を付ける気にはならない。

三日前に会ったばかりの小平太が、物言わぬほとけになってしまった。

魂を奪われたような母親のかたわらには、許嫁らしき若い武家娘が気丈にも泣かずに寄り添っていた。掛けることばもなかったが、せめてもの救いは小平太の薄く化粧された顔がじつに穏やかだったことであろう。

末吉小平太は毒味のお役目にいそしんでいる際、毒を啖うて亡くなった。

「四半刻《しはんとき》（約三十分）ほど苦しんだすえのことであったとか」

声を落とすのは、藩邸の奥向きに潜んでいた里である。

「これを」

差しだされたのは、貝皿に入れられた黒い粉だった。

「姉小路さまから如心尼さまに下されたものと同じ、伯州散にござります。伊勢守さまは口中に腫れ物を患っておられ、これが常備された御薬のなかに紛れておりました。毒に詳しい町医者に調べさせてみますと軽粉がたっぷり混ぜてあり、あきらかに伊勢守さまのお命を狙った者の仕業かと」

「大曽根調所太夫か」

「はい。伊勢守さまのお命を狙った黒幕が血の繋《つな》がった父親であったとは、おもいもよりませなんだ」

「泥眼の面を付けた刺客も、大曽根配下の用人頭であったわ」

「存じております。その者の名は芦刈陣九郎《あしかりじんくろう》」

淀みない里の返答にたいし、素姓を摑んでいた串部もうなずいてみせる。

芦刈は小見川領内に近い常陸《ひたち》国麻生《あそう》藩一万石の元藩士で、藩の剣術指南役に任じられながらも、つまらぬ刃傷《にんじょう》沙汰を起こして出奔《しゅっぽん》した。

「そののち、どのような経緯をたどったかは存じませぬが、二年ほどまえから大曽根家の用人頭をつとめているようです」

「悪党同士、馬が合ったのであろうよ」

鍋が煮えたので、串部が鶏肉を放りこむ。

「すぐに煮えますれば、それがしがお取りわけいたしましょう」

里は串部に目もくれず、悪事のからくりを淡々と語りはじめた。

「芦刈は行徳河岸《ぎょうとくがし》にある房州屋を頻繁に訪れておりました。逐一《ちくいち》、伊勢守さまの動きを把握できたのは、横根右膳の配下から房州屋へ行き先や刻限が伝わっていたからにござります」

吉原や海雲寺で伊勢守を襲撃することは、さほど難しい企てではなかったにちがいない。だが、いずれも首尾よく事は運ばず、業を煮やした悪党どもは暗殺の方法を毒殺に切りかえた。

軽粉の混入した黒い粉は、芦刈から房州屋の手を経て、横根の息が掛かった近習あたりに託されたのであろう。

間髪《かんはつ》を容《い》れず、里は応じた。

「その近習を責め、口を割らせましてござります。すると、おもわぬことが判明いたしました」

「おもわぬこと」

「銚子屋長兵衛の娘、多恵が殺められた件にござります」

多恵の母が目安箱へ投じる訴状をしたためたことで、如心尼は蔵人介に密命を下すにいたった。そもそも、一連の悪事が露見するきっかけになった重要な一件である。

「藩内の噂では、伊勢守が押して不義をはたらいたあげく、首を絞めたことになっておりますが、じつは毒殺であったことがわかりました」

娘を亡き者にしたのは、小平太に毒を盛ったのと同じ近習であったという。

もちろん、命じたのは横根右膳であった。

藩主に娘殺しの濡れ衣を着せ、愚行の噂を藩内に流すことで代替わりを狙おうとしたのだと、里は明確な筋を描く。

「娘の母親も殿さまの蛮行と信じ、訴状をしたためたのでござります。なるほど、伊勢守の愚行は目に余るものがござりますが、少なくとも娘殺しには関わっておりませぬ」

されば、何故、銚子屋の娘が人身御供《ひとみごくう》に選ばれたのか。

「申すまでもなく、房州屋が御用達の銚子屋を追いおとす目途をもって画策したことにござります」

今や、房州屋は醬油のみならず地酒や干鰯《ほしか》などを手広く扱い、それどころか、利根川《とねがわ》の舟運《しゅううん》を一手に牛耳る大商人に成りあがりつつあった。すべては、幕府の御用達になったからこそのことだ。

「房州屋の稼ぎは藩を潤すのではなく、江戸家老となった横根右膳と昇進が決まった大曽根調所太夫を潤しておるのです。我欲のためには手段を選ばず、娘の命や近習の命など虫螻《むしけら》も同然に考えているのでしょう」

仕上げに厄介者の伊勢守を葬れば、悪党どもの描いた筋書きは完結する。

「許せぬ」

串部は吐きすて、煮えた鶏肉を椀に盛った。

「ともあれ、お熱いうちにどうぞ」

椀を差しだされても、蔵人介は見向きもしない。

串部は寂しげに、自分だけ汁を啜りはじめた。

里は俯《うつむ》き、唇《くち》もとをわずかに震えさせる。

「臣下が全力で奉じるべき主人を軽んじ、父親はじつの子の命を狙う。そして、阿《あ》漕《こぎ》な商人は他人の命など顧みず、おのれが儲けることだけを考えている。矢背さま、こうした外道どもを許しておくわけにはまいりませぬ。しかも、近習によれば、嫌がる娘に酷い仕打ちをはたらいたのも、房州屋であったとか……」

横根の許しを得て陵辱《りょうじょく》したあげく、毒殺させたのだ。

「……腐れ商人め」

里はめずらしく感情を露わにし、手にした箸をまっぷたつに折った。

「おいおい、箸に当たるのはよせ」

慌てて串部が制すと、里は般若《はんにゃ》のような顔で睨みつける。

蔵人介は悲しげに問うた。

「如心尼さまは、何と言うておられる」

「醤油屋の娘殺しに加担した者たちはみな、成敗するようにとの御命にございます」

「伊勢守については」

里は一瞬黙り、溜息とともにことばを発した。

「矢背さまのご判断にお任せすると、かように仰せでした」

「何だと」

「娘殺しの汚名は晴れました。されど、伊勢守は引導を渡さねばならぬ手合いかもしれませぬ」

「と、言うと」

年貢に苦しむ領民を一顧だにせず、政事を抛《ほう》って放蕩三昧を繰りかえす。それだけでも、藩主としては万死に値する。ただ、それだけなら、隠居させればよいだけのはなしかもしれぬが、伊勢守は自分に替わって毒を啖うた近習の小平太にたいして、何ひとつ哀悼の意をしめそうとしなかった。

「まことか、それは」

蔵人介が眦《まなじり》を吊りあげると、里は淡々と応じた。

「末吉小平太の死を聞いても、顔色ひとつ変えなかった。それどころか、早急に替わりの手練を捜せと、周囲の者たちを怒鳴りつけたと聞きました」

怒りのせいか、手が小刻みに震えてくる。

里は喋りを止めない。

「ご自身のことしか考えられぬお方なのです。出自なのか、育ちなのか、人の情を解せぬ為政者《いせいしゃ》など、百害あって一利なしにござりましょう」

「わかった。おぬしの考えは心に留めおこう」

蔵人介は毅然《きぜん》と発し、腰を持ちあげた。

串部が驚いて仰ぎ、声をひっくり返す。

「殿、何処へ。水炊きはどうなされる」

「いらぬ。ふたりで平らげてくれ」

「わたくしも、最初《はな》からいただく気などございませぬ」

里もすっと腰を持ちあげ、煮立った鍋を見下ろす。

「串部どの、残さずにおひとりでお食べください」

「……ちょ、ちょっと待ってくれ。出汁のきいたせっかくの鍋なのだ。もったいないではないか」

いずれにしろ、悪事の裏付けは取った。

もはや、躊躇《ちゆうちよ》する理由はひとつもない。

湯気の立ちのぼる鍋と串部を残し、蔵人介は離室をあとにした。

十一

彼岸《ひがん》を過ぎれば寒気も緩み、陽気に誘われて水辺を歩きたくなる。

土手には芹《せり》が萌えだし、卵を抱えた雌鮒は細流の浅瀬を泳いでいた。

二十日、麻布十番の馬場において、恒例となっている小見川藩の馬競《くら》べが催された。

御前の馬競べなので、藩主の内田伊勢守も陣幕の内に座らねばならない。この機に乗じて命を狙われる恐れもあるため、蔵人介は串部ともども野次馬に紛れこみ、朝から馬場へやってきた。

異変が勃《お》こったのは、腕自慢の藩士らによる流鏑馬《やぶさめ》がおこなわれていたときである。

突如、一頭の馬が暴れだし、馬上の藩士が誤って鏑矢《かぶらや》を射掛けた。

——ひゅるる。

鏑矢は禍々《まがまが》しい音を起て、陣幕を突きやぶる。

「ひぇっ」

仰け反った伊勢守は、床几から落ちた。

近習たちが駆けよったものの、末吉小平太のような胆の据わった手練は見当たらない。

陣幕の内外が騒然とするなか、こんどは馬場の端から馬群の跫音《あしおと》が聞こえてきた。

——どどどど。

地響きをあげ、騎馬武者の一群があらわれた。

馬上の連中は、黒い具足を身に纏《まと》っている。

ざっと眺めたところ、二十は超えていよう。

人馬一体となり、黒い旋風が迫ってくる。
――どどどど。
藩士たちは何が勃こったのかわからず、呆然と立ちつくした。
一方、野次馬どもはとみれば、蜂の巣を突っついたような騒ぎになっている。
「逃げろ、早く逃げろ」
散り散りに逃げる連中を、騎馬武者どもが蹴散らした。
まるで、戦《いく》さ場のごとき情景である。
「くせものじゃ、殿をお守りせよ」
陣幕の中央では、重臣らしき人物が太鼓腹を突きだしていた。
中老から江戸家老に昇進を果たした横根右膳にほかならない。
横根の声に誘われるかのように、騎馬武者どもは殺到してくる。
このとき、蔵人介と串部はいち早く陣幕の裏へ駆けつけていた。
そこへ、伊勢守が近習たちに抱えられ、這々《ほうほう》の体《てい》で逃げてきた。
「はっ」
騎馬武者の先頭が疾駆《しっく》してくる。
陣幕を踏みつけ、伊勢守の背後に迫った。

串部が雄叫《おたけ》びをあげ、斑馬《まだらうま》の鼻先で両手をひろげる。

「ぬおお」

——ひひぃん。

斑馬は竿立ちになり、馬上の武者を振りおとした。

面頬《めんぼお》を付けた武者が立ちあがり、腰の刀を抜きはなつ。

「ふおっ」

伊勢守の命を狙う刺客にまちがいない。

串部は腰の同田貫を抜き、低い姿勢で駆けよる。

——ばさっ。

擦れちがいざま、相手の両臑を刈った。

「ぎゃっ」

武者は前のめりに倒れ、臑当てをした両臑だけが切り株のように残される。

「ひぇえぇ」

叫んだのは、殿を守るべき近習たちであった。

伊勢守は声も出せず、その場で失禁している。

蔵人介は身を寄せ、後ろから声を掛けた。

「おい、こっちを向け」

「えっ」

振りむいた伊勢守に当て身を食わせ、左肩にひょいと担ぐ。

踵《きびす》を返して駆けると、近習のひとりが追いすがってきた。

「待て、くせもの」

刀を抜き、斬りつけてくる。

蔵人介は難なく一撃を躱し、近習の首筋に手刀をくれた。

「殿がおらぬ。お捜しせよ」

陣幕の向こうで声をひっくり返すのは、江戸家老の横根であろう。

馬蹄が響きわたるなか、伊勢守を背負った蔵人介は灌木《かんぼく》の陰に隠れた。

刺客どもはとみれば、孤軍奮闘の串部めがけて一斉に牙を剝いていく。

「あやつを仕留めよ。仕留めた者には報酬を弾む」

叫んでいるのは、騎馬武者の一群を束ねる男だ。

風体から推せば、芦刈陣九郎にまちがいあるまい。

大曽根家の用人頭が横根右膳と通じているのは自明のこと、やはり、悪党どもは馬競べに乗じて伊勢守の命を奪う肚積もりなのだ。

「ぐひぇっ」

またひとり、臑刈りの餌食になった。

具足に身を固めた連中など、串部の敵ではない。

しかも、刺客は金で雇われた連中だけに統率を欠いている。

刺客が断末魔《だんまつま》の声をあげるたびに、周囲は馬と人の入り乱れた混乱の坩堝《るつぼ》と化していった。

蔵人介は騒ぎを遠く背にしつつ、堀川の縁まで達している。

棒杭のそばに、小舟が一艘待っていた。

頰かぶりの船頭は、小藪半兵衛である。

「おもっていたとおり、敵は仕掛けてまいりましたな。しかも、騎馬武者とは派手な仕掛けだ」

半兵衛はにんまり笑い、気を失った伊勢守の両手を縛った。

猿轡《さるぐつわ》までかませ、舟に積んだ空樽の蓋を開ける。

「棺桶代わりの醬油樽にござります」

蔵人介も手伝い、伊勢守を樽に押しこんだ。

半兵衛は蓋をして、縁の何ヶ所かに五寸釘を打つ。

樽には小さな穴がいくつか開けてあるので、息苦しくなることはあるまい。

もっとも、藩主を生かしておくかどうかは、蔵人介の胸三寸にかかっていた。

十二

夜になった。

醤油樽を積んだ小舟は堀川をゆったり漕ぎすすみ、箱崎《はこざき》の行徳河岸へ向かっていた。

遊び人風の侍と粋筋の女が、艫《とも》のほうで寄り添うように座っている。

着流しの侍は蔵人介、鬘《かつら》をかぶった女は里であった。

さきほどまで、後ろの樽から何やらがさごそ音がしていたが、今は静かになった。

樽の住人はあきらめたか、眠ってしまったのだろう。

「『夜舟《よぶね》』という牡丹餅《ぼたもち》をご存じで」

船頭の半兵衛が、嗄《しゃが》れ声を掛けてくる。

幕府御用達の菓子屋で売っている牡丹餅のことだろう。

「何故に『夜舟』と名付けたのでしょうな」

暗闇のなかでいつ着くやらわからぬ夜舟と、餅を搗《つ》くを掛けたのだ。

わかっていながらも、蔵人介は面倒臭いので知らぬふりをする。

「じつは、里も『夜舟』という異名で呼ばれておりましてな。もうすぐ、その理由がおわかりになりましょう」

半兵衛は船首で棹を操り、ふいに口を閉じた。

向かうさきから、空の荷船がやってきたからだ。

細長い舳先が近づき、のんびりと艫が離れていく。

水脈《みお》が押しよせると、小舟は左右に揺れた。

半兵衛がまた喋りだす。

「あれは銚子《ちょうし》から醬油樽を運んだ荷船かと」

「何故わかる」

「匂いでわかります。それがし、犬並みの鼻を持っておりますゆえ。ふふ、見込みどおり、房州屋は荷卸し場におりそうですな。ついでに、横根右膳もおってくれれば手間も省けるというもの」

荷卸しの際は隠密裡に立ちあうと、すでに調べはついている。

醬油にみせかけて運ばれた樽の中身は、玳瑁《たいまい》や夜光貝《やこうがい》などご禁制の贅沢品であった。樽の中身が町奉行所の役人にみつかれば命取りとなるゆえ、まんがいちのときは調べを拒むべく、小心者の横根はみずから出向いてくるのだ。

「仕えねばならぬ殿さまの行方より、懐中を潤す贅沢品のほうが案じられるのでございましょう」

やがて、擦れちがう荷船の数が増えてきた。

舳先の遥か遠くに、桟橋の灯《あか》りが揺れている。

「里の我儘《わがまま》をお許しいただき、感謝いたします。されど、今宵のことはくれぐれもご内密に」

「案ずるな」

間者の役目を負う里が、今宵にかぎっては刺客となる。

半兵衛の口調から推すと、里はあくまでも尼僧ゆえ、如心尼から殺生《せっしょう》を禁じられているようだった。

横長の桟橋が、はっきりみえてくる。

何艘かの荷船から、荷卸しがおこなわれていた。

桟橋の奥をみやれば、以前よりも心なしか貫禄を備えた房州屋彦右衛門が人足たちに指示を飛ばしている。

「休むでない。どんどん卸せ」

樽ごと卸された荷は大八車に積まれ、まとめて縄で縛られたあと、房州屋の蔵とおぼしきほうへ運ばれていく。

横根右膳のすがたはない。

だが、用人らしき者が三人待機しているところから推すと、近くにやってきてはいるのだろう。

蔵人介はなかば期待しながら、半兵衛に命じて桟橋の脇を通過させた。

しばらく汀《みぎわ》に沿って進み、相手に気取《けど》られぬように舳先を岸へ寄せる。

蔵人介と里だけが陸《おか》へあがった。

「上々の首尾を願っておりまする」

暗闇から、半兵衛の囁きだけが聞こえた。

空を見上げれば、更待《ふけま》ちの月が昇っている。

「亥《い》ノ刻（午後十時）か」

蔵人介は酔客を装い、里の肩を抱きよせた。

「あっ」

里は身を硬くする。

小兎《こうさぎ》というよりも、雌の虎に喩《たと》えたほうがよかろう。

もちろん、獲物は房州屋である。

辱められた娘の恨みを晴らすべく、里は鬼になる覚悟を決めていた。

苦しげな息遣いと鼓動を感じながら、蔵人介は桟橋に近づいていく。

ふいに、里が身を離した。

足早に歩きつつ、裾を捲《まく》ってみせる。

月明かりのもと、白い脚が露わになった。

「おぬし、夜鷹《よたか》か」

誘われた用人のひとりが、気軽に声を掛けてくる。

「なかなか、別嬪《べっぴん》ではないか、のう」

用人は野卑《やひ》な笑みを浮かべ、腕を取ろうとする。

里はするりと躱し、房州屋のほうへ逃れていった。

「旦那、お助けくださいな。無粋な田舎侍から、守っていただけませんか」

女にだらしない房州屋も、うっかりその気になってしまう。

「ふふ、おまえさん、名は」

「名など、どうでもようござんしょ」

里は妖艶に微笑み、鬘を剝《は》ぎ取ってみせる。

「あっ、比丘尼《びくに》か」

「ええ、あっちに小舟がございます。よろしかったら、ごいっしょに」

「今はちと忙しい。あとでな」

「あとはありませんよ」

「ん」

里は身を沈め、何やらぶつぶつ唱えだす。

「天魔《てんま》外道《げどう》皆仏性《かいぶっしょう》、四魔《しま》三障《さんしょう》成道来《じょうどうらい》、魔界仏界同如理《まかいぶっかいどうにょり》、一相平等無差別《いっそうびょうどうむしゃべつ》……」

誦《しょう》しているのは、修験道《しゅげんどう》の魔界偈《まかいげ》か。

懐中に鈍い閃光が走った。

「うっ」

指に挟んだ千枚通しで、瞬時に喉を突いていた。

いつ突くやらもわからぬゆえ、里は『夜舟』と呼ばれているのだろうか。

恐いおなごだと、蔵人介は胸につぶやいた。

と、そこへ、横根がのっそりあらわれる。

どうやら、厠《かわや》にでも行っていたらしい。

「房州屋、おい、こっちに来い」

すでに、房州屋の息の根は止まっている。

背を向けてこたえぬ悪党にたいし、横根はこれみよがしに舌打ちをした。

「おい、横根さまがお呼びぞ」

強面の用人が近づくと、房州屋はその場にくずおれる。

白い顔の尼僧が、ぽつねんと立っていた。

「おぬし、何者じゃ。房州屋に何をした」

用人は身構え、白刃を抜きはなつ。

蔵人介が音も無く、背後に近づいた。

「うぬっ」

振りむいた用人に当て身を食わす。

残りのふたりが大股で駆けてきた。

「何者じゃ」

誰何《すいか》されても、蔵人介はこたえない。

ふたりが抜刀しかけたところへ、すっと身を寄せた。

首筋に素早く手刀をくれ、用人どもを難なく昏倒《こんとう》させる。

人足たちは桟橋から逃げ、横根だけが桟橋のさきへ走った。

横付けにされたばかりの小舟に乗って逃げるつもりらしい。

「おい、わしを乗せろ」

「へえい」

小舟の船頭は、間延びした返事をする。

棹をひょいと持ちあげるや、横根の頭をしたたかに叩いた。

「くっ、何をする。わしは小見川藩の江戸家老ぞ」

「ほう、そいつはご愁傷《しゅうしょう》さま」

うそぶくのは、半兵衛であった。

横根は顔を怒りで赤くさせ、腰の刀を抜きはなつ。

蔵人介は黙然と背後に迫った。

一閃、鳴狐が唸《うな》りあげる。

――びゅん。

刹那、外道の首が宙へ飛んだ。

「ひぇっ」

飛ばされた首が悲鳴をあげる。

亥中《いなか》の月は赤く染まり、桟橋一帯は暗澹《あんたん》とした闇に包まれた。

十三

翌早朝。

駿河台の武家屋敷は乳色の靄《もや》に包まれていた。

「何やら、雲海のなかを歩いている気分ですな」

背後の串部が喋りかけてくる。

騎馬武者と闘ってできた生傷など、この男にとっては何ほどのこともない。

「蚊に刺されたも同様にござるよ」

などとうそぶき、誰かの片腕をしっかり握っている。

醬油臭い伊勢守であった。

さきほど一杯の粥で空腹を満たしたものの、喋る気力すら失《う》せている。馬場で命を狙われ、蔵人介たちに救われたとおもったのもつかのま、両手を縛られて醬油の空樽に閉じこめられたのだ。

もちろん、何者かに命を狙われていることはわかっている。長年の放蕩暮らしが招いた報いだとおもえば、あきらめもついたが、窮屈な樽のなかで誰にも気づかれずに死んでいくのかとおもうと、辛すぎて涙が零《こぼ》れてきた。

心細くなってくるなか、死んでいった者たちの顔が浮かんでは消えていった。なかでも、自分の身代わりになって毒を啖った末吉小平太の死は、悔やんでも悔やみきれぬほど口惜《くや》しい。だが、口惜しさも悲しさも怒りさえも、抱こうとした途端に泡雪《あわゆき》のごとく消えてしまう。何年もまえからこんなふうで、人として当然抱くべき感情が安普請《やすぶしん》の壁のようにぼろぼろと剝がれ落ち、仕舞いには喜怒哀楽を感じづらくなっていた。

心にぽっかり空洞ができたのは、大曽根家から小見川藩へ養子に出されるずっと以前からだ。父が妾《めかけ》に産ませた「外戚腹《げしゃくばら》の子」として蔑まれ、両親から一片の愛情も注がれずに育った。七年前に小見川藩へ養子に出されたときも、体よくお払い箱にされたのだとおもった。

傾奇者《かぶきもの》を装ってからだじゅうに墨を入れたのは、見知らぬ連中のなかへ踏みこんでいく勇気がなかったからだ。伊勢守にとって墨は鎧のようなものであったし、度が過ぎるほどの放蕩暮らしは一国を統べる重責から逃れるための方便だった。

自分はその器ではないと、最初からわかっていたからこそ、阿呆を装ったところもある。できることなら、誰も知らぬ山里にでも隠棲《いんせい》したかった。だが、過激な連中は息の根を止めようと執拗《しつよう》に狙ってくる。

何故だ。何故、放逐《ほうちく》してくれぬのだ。

伊勢守は疲れた頭で、そんなことを考えていた。

蔵人介にも、不幸な宿命に生まれた為政者の苦悩は理解できなくもない。

ただ、数々の修羅場を潜りぬけてきた者にしてみれば、それはぬるま湯しか知らぬ若造の甘えでしかなかった。

立場は人を変えるのだ。

ひとたび為政者になったからには、重責を担う覚悟を持たねばならない。

覚悟を持たぬ者が人の上に立てば、不幸になるのは年貢を納める領民たちなのだ。

事実、伊勢守が小見川藩の藩主となってからというもの、領民たちは辛酸《しんさん》を嘗めさせられている。ひと握りの重臣どもが私腹を肥やすべく悪事不正に走り、箍《たが》の外れた不忠者どもが大手を振って好き勝手なことをやっていた。

藩政を蔑《ないがし》ろにした伊勢守の罪は重い。

誰かが罪を裁かねばならなかった。

分厚い靄は、いっこうに晴れない。

三人は神田川の土手道を上っていた。

やがて、朱の鳥居がぼんやりみえてくる。

「あれは、もしや……」

伊勢守が驚いて口を開いた。

蔵人介は背中でこたえてやる。

「さよう、太田姫稲荷だ。幼いころ、神社の境内で遊んだ思い出もあろう。今から、おぬしは醜い人の業と対峙せねばならぬ」

「醜い人の業」

「さよう、我欲のために子殺しも厭《いと》わぬ外道と対峙するのだ」

「……ま、まさか。あのお方がこの身を……し、信じられぬ」

「事の真偽は、おぬし自身の目で確かめるがよい。どうでもよいことかもしれぬが、もはや、重臣の横根右膳と御用達の房州屋はこの世におらぬ。そやつらと裏で通じていた悪党が、おぬしの実父にほかならぬ。人の道を外れた者の末路がどうなるのか、襟を正して刮目《かつもく》せよ。たとい、明日をも知れぬ運命《さだめ》でもな」

「明日をも知れぬ……さ、運命」

伊勢守は眸子《まなこ》を瞠《みは》り、ごくっと息を呑んだ。

如何《いかん》ともし難い生への執着が、腹の底から湧いてきたかのようだった。

門のまえには、痩せた人影が佇んでいる。

公人朝夕人の土田伝右衛門であった。

「騎馬武者どもを率いておったのは、まちがいなく、用人頭の芦刈陣九郎にござりました」

「ふむ、わかった」

伝右衛門はそれだけ告げると、靄の向こうへ消えてしまう。

残された三人の正面には、大曽根家の厳《いか》めしげな門が立ちはだかっていた。

「さあ、敲《たた》くのだ」

蔵人介に促され、伊勢守は重い足を引きずる。

振りあげた右手が震えていた。

「迷うでない」

後ろから一喝され、どんと拳を振りおろす。

――どんどん、どんどん。

憑かれたように門を敲きつづけると、強面の門番があらわれた。

動揺する伊勢守の背後には、蔵人介も串部もいない。

左右の物陰から、じっと様子を窺っている。

一瞬、伊勢守は逃げる姿勢をみせた。

しかし、足が動かない。

「どなたさまでござろうか」

誰何され、伊勢守は声をひきつらせた。

「無礼者、小見川藩内田家の当主じゃ」

「あっ」

面相におぼえがあったのだろう。

門番は踵を返し、脱兎《だっと》のごとく駆けだした。

すぐさま、大曽根調所太夫があらわれた。

「……ち、父上」

伊勢守がつぶやいた。

門の脇には、用人頭の芦刈陣九郎も控えている。

大曽根は驚き呆れつつも、杓子《しゃくし》定規な口調で問うた。

「伊勢守さま、おひとりにござりまするか」

「父上、遠慮した物言いはおやめくだされ」

「されば、父として聞こう。いったい、何用じゃ」

「お聞きしたいことがございます」

伊勢守は勇気を振りしぼり、顎をくっと突きだす。

「正直におこたえ願えませぬか。父上は、それがしを亡き者にしようとなされたのか」

大曽根は「ふん」と鼻を鳴らした。

「世迷《よま》い言《ごと》を抜かすでない。おぬしを大名にしてやったのは、このわしぞ。それとも、何ぞ確かな証拠でもあるのか」

「江戸家老の横根右膳と房州屋なる御用達が成敗されました。それが証拠かと」

「何っ」

大曽根は狼狽《うろた》えつつも、阿呆顔で佇む門番を怒鳴りつけた。

「失せろ。誰ひとり門に近づけるでないぞ」

「はっ」

門番はそそくさと居なくなり、周囲に殺気が膨《ふく》らんだ。

蔵人介は潮時とみて近づき、伊勢守の背後に身を寄せる。

「うっ、おぬしは何者じゃ」

大曽根が怒鳴ると、後ろの芦刈が前面に躍りだしてきた。

蔵人介は伊勢守を背に庇い、芦刈と大曽根を交互に睨みつける。

「それがし、伊勢守を馬場からお救い申しあげた」

「おぬしが、いらぬことを吹きこんだのか。名を名乗れ」

「矢背蔵人介」

間髪を容れずに応じると、芦刈が唸った。

「その名、聞きおぼえがござる。たしか、幕臣随一の手練かと」

「隠密か」

大曽根の問いに、芦刈は首を捻る。

「さて、素姓まではわかりかねます。いずれにしろ、生かしておけぬ相手かと」

「ならば斬れ。この場で斬って捨てよ」

「御意《ぎょい》」

芦刈が刀を抜いた。

腰反りの強い剛刀である。

一方、蔵人介は抜こうとしない。

「おぬし、流派は」

問われたので、正直にこたえた。

「田宮流」

「居合か」

言うが早いか、芦刈は右八相から斬りつけてくる。

「うりゃ……っ」

一瞬早く、蔵人介の鳴狐が鈍い光芒《こうぼう》を放った。

――ばっ。

鞘離れからの胴抜き、いつもより踏みこみが深い。

――びゅん。

血振りを済ませて納刀するや、芦刈の胴がずり落ちた。

何と、腰から下は撞木《しゅもく》に開いた両足で踏んばっている。

蔵人介は一撃のもとに胴をまっぷたつにしたのだ。

「吊り胴寸断、おぬしの技だ」

毒を啖って亡くなった小平太の技でもある。

「ひっ……ひぇええ」

大曽根が腰を抜かした。

蔵人介はふたたび、鳴狐を鞘走らせる。

――しゅっ。

悪党にかける情けはない。

つぎの瞬間、大曽根は首を飛ばされていた。

伊勢守は激しく動揺し、後退りしはじめる。

だが、振りむいたさきには、串部が壁となって佇んでいた。

蔵人介は血濡れた門を背に抱え、ゆっくり歩を進めていく。

そして、二間《けん》足らずの間合いで足を止め、ぐっと腰を沈めた。

「内田伊勢守、おぬしの放埒《ほうらつ》な振るまいは、一国を統べる藩主としてあるまじきもの、領民の苦しみをおもえば万死《ばんし》に値する。よって、その命を頂戴せねばならぬ。覚悟はよいな」

伊勢守はことばを呑みこみ、じっと眸子を瞑《つむ》った。

最期だけは威厳を保って逝きたい。

そう、願っているかのようでもある。

蔵人介は愛刀の長い柄《つか》を握りしめ、身に殺気を帯びた。

――びゅん。

抜刀された本身《ほんみ》が、伊勢守の首筋を舐める。

だが、首と胴は離れていない。

殺気は消えた。

静寂のなか、蔵人介の声が朗々と響きわたる。

「目を閉じたまま聞くがよい。たった今、おぬしの性根を斬った。心を入れかえよ。今から別人になるのだ」

天の声にも感じられた。

しばらくして、伊勢守はそっと目を開けた。

いつのまにか、靄は晴れている。

蔵人介と串部のすがたはない。

「……す、すべて、まぼろしであったのか」

伊勢守は、惚《ほう》けたようにつぶやいた。

その頬に、一筋の涙が零れおちる。

頭に浮かんだのは忠義の徒、末吉小平太の顔だったのかもしれない。

実家の門に背を向けて遠ざかる後ろ姿は、どことなく堂々としたものにみえる。

少なくとも、物陰から見送る蔵人介の目にはそう映っていた。

鬼の目

一

彼岸桜も終わりに近づくと、枝垂《しだ》れ桜の蕾がほころびはじめる。

番町《ばんちょう》の蛙原《かえるばら》に枝垂れ桜の古木があったのをおもいだし、蔵人介は下城の途中で立ち寄ってみようとおもった。従者の串部は草履の鼻緒が切れたとかで後れを取り、御厩谷《おんまやだに》の坂下に置き去りにしてきた。今ごろは市ヶ谷御門へ向かう辻の何処かで途方に暮れていることだろう。

何処までも武家屋敷のつづく道を北へ進んでいった。

九段《くだん》坂との四つ辻を通過し、どんつきの三つ叉を左手に折れ、ひとつ目の辻を右手に折れる。表四番町《おもてよんばんちょう》から裏四番町へ抜けるあたりだが、道を知らぬ者なら迷ってしまうにちがいない。

蛙原へは富士見坂《ふじみ》を横切っていく。

茜《あかね》空の彼方に、夕富士を遠望することができた。

「ん」

渋めの麻裃を纏った先客がひとりいる。

城勤めの幕臣であろう。

蔵人介と同様、枝垂れ桜を愛《め》でようとして帰路を外れてきたのだろうか。

爪先を向けてはみたものの、夕富士をじっとみつめる背中が何やら物悲しげで、声を掛けるのも躊躇《ためら》われた。

こちらの気配を察したのか、先客は振りかえる。

「あっ」

武張《ぶば》った四角い顔を突きだし、相手のほうから口走った。

「もしや、鬼役の矢背蔵人介どのか」

「いかにも」

喋ったこともなければ、会釈を交わしたこともない。ただ、奥右筆《おくゆうひつ》の笹毛《ささげ》忠八《ちゅうはち》郎《ろう》という名は知っていたし、笹毛が周囲から「鬼」と呼ばれていることも噂には聞いていた。

　蔵人介は丁寧にお辞儀をした。

「奥御右筆の笹毛忠八郎どのでござるな」

「ふむ、貴殿も枝垂れ桜を愛でに来られたのか」

　親しげに問われたので、はにかむように笑い返す。

「つい、道草をしたくなりましてな」

「ふふ、それがしもでござる。まっすぐ家に帰るのが惜しゅうてな。ところで、それがしの綽名はご存じか」

「はて」

「お惚《とぼ》けにならずともよい。貴殿と同様、鬼と呼ばれておる。御城には二匹の鬼が棲んでおるなどと噂する怪《け》しからぬ連中もおるようでな、ともあれ、ここでお目にかかるのも何かのご縁、ともに老い桜を愛でようではないか」

　笹毛は豪快に嗤《わら》い、懐中から竹筒を取りだす。

「じつは、かようなものを用意した。般若湯《はんにゃとう》でござるよ」

「それはそれは」

「いける口でござろう。何せ、将軍家の御毒味役だからな」

笹毛は奥右筆のなかでも主に吟味《ぎんみ》筋の案件を扱う仕置掛《しおきかかり》に任じられており、たとい上役に命じられても筋の通らぬことは一切認めぬ堅物《かたぶつ》として知られていた。それだけに、般若湯入りの竹筒を隠し持っていることが意外に感じられたのだ。

「ふふ、どうなされた」

「いいえ、別に」

「されば、鬼同士、花見酒と洒落込もうではないか」

「はあ」

坂道を下っていったさきに、枝垂れ桜が咲いているはずだ。

期待しながら足を運んだものの、それらしき古木はない。

小さな池の汀に目をやると、切り株がぽつんとある。

「これか、まいったな」

笹毛は苦笑いしつつ、切り株に腰を下ろした。

蔵人介も残念がる。

「枯れてしまったのでござろう」

「どうりで誰もおらぬはずだ。気づかぬのは二匹の鬼ばかり」

「いつも番町を通っているというのに、噂ひとつ耳にしませんでしたな」

「おたがい、親しく付きあう相手が多くないからかもしれぬ」

「なるほど」

笹毛の言うとおり、世間話を気楽に交わせる相手でもいれば、枝垂れ桜のことも耳にはいっていたかもしれない。

ふたりはいっそう、似かよった境遇におもいを馳せた。

「ときに、矢背どのはご養子ではござらぬか」

「ええ、さようですが」

「やはりな、そんな気がしたのだ。それがしも婿養子でな。ただし、ここからさきはさすがに同じではあるまい」

「と、仰いますと」

「それがしは五年余り前に笹毛家の婿養子となったが、半年も経たぬうちに若妻に先立たれた。流行病《はやりやまい》でな、あっというまに逝ってしまった。それからのちも笹毛家に居させてもらい、義母とふたりで暮らしておるのでござる」

蔵人介が深刻な顔になると、笹毛は竹筒を差しだした。

「まあ、呑んでくれ。このはなしをすると、相手はかならず問うてくる。何故、いつまでも笹毛家におるのか。五年もともに暮らせば、義母への義理も果たしたことになるであろう。そろりと、新しい相手を捜したらどうかとな。じつは、当の義母からもそう言われた。年寄りのことは気にせず、好きな道を歩んでほしいと泣いて頼まれたが、どうもその気にならぬ。つらつら考えてみるに、わしには美奈《みな》しか……美奈とはつれあいのことだが、あやつしかおらぬようなのだ。気づいてみれば、仏壇にはなしかけておったりして、まだあやつが生きているようにしかおもえぬ。生来の不器用者ゆえ、おそらくは一生、ほかのおなごを好きにはならぬであろう。好いてやらねば相手にも迷惑であろうしと、さようなことを考えているうちに面倒臭くなってくる」

笹毛は竹筒をかたむけ、ぐびぐび酒を呑んだ。

誰かに愚痴でも言いたかったのであろうか。

蔵人介は聞き役になってやろうと決めた。

笹毛とは馬が合うと肌で感じたからだ。

ほどなくして日没となり、あたりは薄暗くなってきた。

「矢背どの、妙なはなしに付きあわせてしもうたな。すまぬ」

「お気になさらず。このつづきは、いずれ近いうちに」

「よいのか。それがしのようなものと付きあってくれるのか」

「無論にござる」

「ありがたい」

笹毛は両手を伸ばし、こちらの手を握りしめてくる。

掌に竹刀胼胝《しないたこ》がないことに気づき、蔵人介はさりげなく手を放した。

「さよう、剣のほうはからきしでな。幕臣随一の剣客と評される貴殿が羨ましい」

「何の」

「さればまた」

笹毛は片手をひらりと持ちあげ、坂道をそのまま下っていく。

丸めた背中をしばし見送り、蔵人介は富士見坂のほうへ戻りかけた。

「ぬわっ、何やつじゃ」

突如、背後で笹毛の怒声が響く。

蔵人介は踵を返し、裾を捲って駆けだした。

坂道を転がるように駆けていくと、笹毛が網代笠《あじろ》で顔を隠した僧形《そうぎょう》の大男と対峙している。

「待て」

蔵人介が叫ぶや、僧形の男は錫杖《しゃくじょう》を頭上に持ちあげた。

笹毛の脳天を狙って、微塵の躊躇もなく振りおろす。
——どしゃっ。
土煙が舞いあがった。
笹毛は棒のように立ったまま、身動きひとつできない。
蔵人介は五間《けん》の間合いから、はっとばかりに跳躍した。
下り坂だけに勢いがある。
——しゅっ。
中空で鳴狐を抜きはなち、相手の胸に突きこんだ。
——きいん。
錫杖のひと振りで弾かれ、からだごと真横に飛ばされる。
道端に転がって起きあがり、低い姿勢で身構えた。
「うぬは誰じゃ」
地の底から低い声が響いてくる。
それにしても、凄まじい膂力《りょりょく》だ。
背丈ばかりか、横幅もある。
念仏聖《ねんぶつひじり》に化けた鉢屋《はちや》衆と闘ったときのことをおもいだした。

「わしは矢背蔵人介、笹毛どののお命を狙う刺客なら容赦はせぬ」

「くふふ、用心棒気取りか。うぬなんぞに用はないわ。笹毛よ、おとなしくしておれば命までは取らぬ」

憎形の男は高く掲げた錫杖を下ろし、坂道を後退りしはじめる。

そして、身をひるがえすや、風のように走り去った。

「あの者におぼえは」

蔵人介の問いかけに、笹毛は首を横に振る。

「わからぬ。されど、それがしの扱う吟味筋と関わっておるのは確かだ」

「お宅までお送りいたそう」

「いや、それにはおよばぬ」

「されど」

「あれは、ただの脅しにござる。それがしがおとなしくさえしておれば、危ういことにはなるまい」

「おとなしくできるのでござるか」

「はて」

笹毛は、ふっと笑う。

「『強風にも折れず、豪雨にもたじろがず、おのが信念に恥じることなかれ』……亡き養父《ちち》から教わった奥右筆としての心構えでござる。それがしの生きる指針ゆえ、背《そむ》くわけにはまいらぬ。ふふ、刺客に斬られて死ねばそれまで。運命とあきらめるしかござるまい」

あまりの潔さに感服しつつ、蔵人介は遠ざかる笹毛の背中を黙然と見送った。

二

弥生《やよい》四日は町入能《まちいりのう》、江戸八百八町の名主や家主が一町にふたりずつ城内に招かれ、将軍着座のもとで能を拝見する。

いまだ東涯《とうがい》も明け初めぬ七つ刻（午前四時）、午前中の観能を許された日本橋以北の町人たちが篝火の焚《た》かれた内桜田御門をぞろぞろ通りぬけていった。名主と家主は肩に張りをもたらす鯨の骨を抜いた麻裃を纏い、月行事《がちぎようじ》は着慣れぬ羽織袴を身に着けている。能のあいだはずっと蹲踞《そんきよ》の姿勢を保たねばならぬため、髪の白い老人はほとんど見受けられない。多くは代理を頼まれた体力自慢の若者たちであった。

そうした連中が大手《おおて》御門前にわんさか集まり、六つ（午後六時）になると我先に御門の内へ雪崩《なだ》れこむ。御門の内では賄方の役人が用度掛《ようどかかり》として待ちかまえており、ひとりひとりに唐傘を一本ずつ手渡していった。晴雨にかかわらず手渡す縁起物である。傘を貰った連中は嬉々として下城橋を渡り、大手三之門から百人《ひやくにん》番所の前を通って中之門へ、さらには富士見三重櫓を真正面に仰ぎながら中雀門《ちゆうじやくもん》を潜りぬけ、能舞台のある大広間へと向かった。

もちろん、大広間に座ることなどできない。二之間から三之間にかけては、御三家の当主たちと諸大名がしかつめらしく座っている。忘れてはならぬのは、禁裏から年に一度だけ参じる天皇の勅使が列座していることだ。

勅使のそばには饗応役《きようおう》の高家《こうけ》と大名が座り、板縁に目を移せば左右にふたりの若年寄《わかどしより》が控えている。ひとりは武蔵《むさし》国岩槻《いわつき》藩藩主の大岡主膳正忠固《おおおかしゆぜんのかみただかた》、もうひとりは下野《しもつけ》国佐野《さの》藩藩主の堀田摂津守正衡《ほったせつつのかみまさひら》であったが、白洲《しらす》の連中にとって馴染みの顔ではない。

板縁には馴染みの顔も座っていた。北町奉行の遠山左衛門少尉景元《とおやまさえもんのしようじようかげもと》と、暮れに目付から南町奉行へ昇格したばかりの鳥居甲斐守忠耀《かいのかみただてる》である。

遠山は公方家慶と同じ歳の五十、鳥居のほうは三つ年下だが、脂ぎった横柄《おうへい》そうな外見ゆえか、とても年下にはみえない。気に入らぬことがあると癇癪《かんしやく》を起こし、奢侈《しやし》禁止令に触れた町民は片っ端から捕らえるので評判はすこぶる悪く、受領名の甲斐守と通称の耀蔵から一字ずつを取って「妖怪」と呼ばれていた。

一方、遠山の評判は良くも悪くもない。三座の歌舞伎小屋を潰そうとした老中の水野越前守忠邦に抗《あらが》って、浅草猿若町《さるわかまち》への移転を唱えたところまではよかったが、鳥居の前任者だった矢部駿河守定謙《やべするがのかみさだのり》が鳥居のでっちあげによって失脚させられて以降は、おのれの地位を守るために猫をかぶっているとも噂されていた。いずれにしろ、影は薄い。

そんな遠山からの依頼もあって、蔵人介は縁下に控えさせられた。

四隅に小松を植えた青竹の囲い内は、有象無象の町人たちで溢れている。刺客が混じっておらぬともかぎらぬので、小十人組《こじゆうにんぐみ》に混じって家慶の警固《けいご》役を仰せつかったのだ。

名主や家主たちが白洲に敷かれた薄縁《うすべり》にあらかた収まると、肩の張った麻裃に熨斗目《のしめ》を纏った三人の老爺《ろうや》がやってくる。家格の順に、奈良《なら》屋市右衛門《いちえもん》、樽《たる》屋藤左衛《とうざえ》門《もん》、喜多村彦兵衛《きたむらひこべえ》とつづいたが、いずれも江戸の町民を代表する町年寄《まちどしより》たちだった。

町触れの通達から揉め事の仲裁まで、ありとあらゆる江戸の自治を任されている。苗字帯刀を許されているばかりか、常盤《ときわ》橋御門を渡ってすぐのところに広大な拝領屋敷を賜り、徳川家のたいせつな年中行事にはかならず列席を許された。配下の名主や家主からは膨大な付け届けなどもあり、金と権威の両方を兼ねそなえた連中にほかならない。

町年寄たちが席に収まると、いよいよ将軍家慶の出御《しゅつぎょ》となる。

「上様、御出座」

近習の合図とともに襖が左右に開き、茄子《なす》のように顔の長い家慶があらわれた。

諸大名はじめ侍たちは一斉に平伏したが、白洲の町人どもは嬉々として声を掛ける。

「いよっ、親玉」

「千両役者」

まるで、芝居小屋の大向こうにでもいるかのようだ。

平常《ふだん》ならば首が飛んでおかしくないような掛け声も、無礼講の今日だけは許された。諸人挙《もろびとこぞ》って将軍の御代を寿《ことほ》ぐという主旨だけに、侍たちは怒りたくとも怒ることができない。

左右に控える小十人組の連中も歯軋《はぎし》りをしている。

しかし、蔵人介は口惜しいとも何ともおもわなかった。

むしろ、気兼ねなく声を掛ける町人たちのすがたは頼もしい。そして、無礼千万な掛け声を涼しい顔で聞きながす家慶の鷹揚《おうよう》さには目を細めたくなった。

家慶には、父の家斉にはなかった寛大さがある。四十五になってようやく将軍の地位を禅譲されたものの、実権を握ったのは大御所家斉の薨去した昨春のことだった。待たされることに慣れきった体質が、ともすれば優柔不断で凡庸《ぼんよう》とも映る寛大さをもたらしたのかもしれない。

幕政の全権を託されているのは、老中首座の水野忠邦であった。みずからの意見を言わずに「そうせい」とだけ口走る家慶は、切れ者の忠邦にとって御《ぎょ》しやすい将軍にちがいなかろうし、今や誰もが庶民に不評な「改革」を推進する忠邦の顔色だけを窺っている。

忠邦の子飼いでもある「妖怪」こと鳥居が板縁から立ちあがり、白洲に向かって長々と口上を述べはじめた。

「耳をかたむけて聞くがよい。強盗に火付けに打ち毀《こわ》し、昨年の暮れまで市中の風紀は乱れに乱れておったが、新しい年となって段々に平穏さを取り戻しつつある。これもすべては、幕府の触れが末端まで行きわたっておるからに相違ない。おぬしらの忠勤に報いるべく、恐れながら上様より本日はありがたい観能の催しを賜った。

みな、心して観能いたすように」

まるで、昨年の暮れに鳥居が南町奉行になってから江戸市中が平穏になったかのような物言いである。「妖怪め、自慢するな」と、文句のひとつも出そうなものだが、白洲はしんと静まりかえっていた。下手なことを口走れば、あとで痛い目をみる。鳥居の陰険な手法は蛮社《ばんしゃ》の獄《ごく》などで遍《あまね》く知れわたっているため、白洲の連中は黙《だんま》りを決めこんでいるのだ。

口上役が遠山であったならば、方々で「無頼旗本」だの「彫物をみせろ」だのと軽口が飛び交っていたことだろう。蔵人介も鳥居には煮え湯を呑まされかけたことがあるだけに、薄っぺらな口上には耳をふさぎたくなった。

能舞台ではお囃子に合わせて、宝生《ほうしょう》流の能楽師が『三番叟《さんばそう》』を厳粛に舞った。三番目物の『羽衣《はごろも》』になると、ほとんどの者はうたた寝をし、四番目物の『道《どう》成寺《じょうじ》』になると、曇り空から小雨がぱらつきだした。

滞りなく舞いが終わるころには、大筋の雨粒が目にみえるほどになった。

そそくさと退出する連中には錫《すず》の瓶に入った酒と菓子折が手渡され、別の日に呉《ご》服町《ふくちょう》の両替屋まで足労《そくろう》すれば、ひとりにつき一貫文の御祝儀まで下賜《かし》される。名主のなかで唯一吉原五町の名主だけは招かれていないのだが、御祝儀だけは下賜される定めになっていた。

至れり尽くせりの催しは終わらず、午後からは大手御門から南に住む名主や家主たちが城内に招かれた。辟易《へきえき》せざるを得なかったが、家慶が大広間下段に着座しているあいだ、蔵人介は持ち場を離れるわけにいかなかった。

何事もなく町入能は終わり、笹之間に戻って夕餉の毒味も済ませた。

口中に残る苦味は、浅葱《あさぎ》の膾《なます》であろう。

四日は商家に仕える新旧の奉公人が交替する出代《でがわ》りの日、市中では「奉公人を叩きだす」と「膾を叩いてつくる」とを掛け、何処の家でも浅葱の膾を食べる習慣があった。この習慣が武家にも伝わり、いつのころからか公方の膳にも供されるようになったのだ。

酒のつまみに最適なので、家慶は浅葱の膾を好み、臭い口をして大奥へ向かうので、女中たちには嫌がられるとの噂もあった。

すでに、外は暗くなりかけている。

だが、相番の逸見鍋五郎は帰ろうともしない。

つくねのような丸顔で、興味深いはなしをしはじめた。

「本日のお中入《なかいり》、町年寄のなかに樽屋はおりましたか」

「おったとおもうが、それが何か」

「よくもぬけぬけと顔をみせられたものだ。矢背さまはご存じですか、ついせんだって樽屋の妾が殺されたはなし」

「いいや、知らぬ」

「何と、下手人は実子だったのでござるよ」

藤吉《とうきち》という樽屋藤左衛門の実子が、おとくという妾を出刃包丁で刺した。おとくはそのとき情夫といっしょに妾宅《しょうたく》の褥《しとね》で寝ており、藤吉は情夫のほうも刺し殺したのだという。

「巷間では情痴の縺《もつ》れと噂されているようでござる」

妾に横恋慕していた藤吉の嫉妬が招いた凶行らしいが、噂好きの逸見にも詳しい経緯まではわからない。

「それが妙なはなしで」

樽屋の実子が妾を殺めたというだけでも耳目を集めるのに充分だが、事情通のあいだで囁かれているのは、藤吉の罪状がどうなるかのほうであった。

「当然、斬首に相当する罰が科されるものとおもっていたら、どうやら、そうでもないらしく」

江戸市中からの永追放で済まされる見込みらしい。

「あまりに軽すぎるとおもわれませぬか。しかも、裁定を任されたのは南北町奉行ではなく、御目付の矢田部信造《やたべしんぞう》さまなのだとか」

矢田部信造と言えば、誰もが知る鳥居耀蔵の子飼いであった。鳥居が南町奉行に昇格するのにともなって、目付に昇格した人物だ。鳥居の口利きで水野が動いたものと、役人の誰もがおもっている。

「どうせ、藤吉の父親が裏で手をまわしたのでしょう。妾を殺めたとは申せ、血を分けた実子だけに死なせるのは忍びない。軽い罪にしてもらうべく、大金を包んだにちがいない」

それが事情通のあいだで囁かれているもっぱらの噂らしかった。

誰が考えても公平に欠く裁定である。ただし、水野や鳥居と通じる矢田部の扱いだけに、すんなり通るとおもわれた。

「ところが、永追放を不服とする御仁があらわれた。誰だとおもわれます」

「さて」

首を捻ると、逸見は膝をずりずり寄せてくる。

「矢背さまとご同様、鬼と呼ばれている御仁でござるよ」

どくんと、心ノ臓が跳ねた。

「奥御右筆の笹毛忠八郎どのか」

「ご明察。反骨で鳴らす鬼の目に留まったのが運の尽き。笹毛さまは先例に則《のっと》り樽屋藤吉は厳罰に処するべしとの意見書を添え、伺い書を矢田部さまに突っ返されたのだそうです」

公方も目にする吟味筋の案件は、事前に奥右筆が目を通して内々に意見書を添付することもできる。公平を期すためには幕閣老中の指図に左右されてもならぬとする不文律まであり、奥右筆仕置掛は諸大名などにも一目置かれる役目だった。

「一千石取りの御目付に二百俵取りの奥御右筆が抗ったと、心ある方々は快哉《かいさい》を叫んでおられるとか」

興奮冷めやらぬ逸見の顔をみつめ、このことであったかと、蔵人介は直感した。

脳裏に浮かんだのは、錫杖を振りまわす僧形の大男である。

笹毛は吟味の公平を期すべく、あたりまえのことをしたにすぎない。それがために命まで脅かされたとすれば、理不尽きわまりないはなしではないか。

蔵人介は独自に、殺しの経緯を調べてみようとおもった。

真相をはっきりさせたうえでなければ、安易に助けることもできない。

下手に動けば、水野や鳥居まで敵にまわすことになりかねないからだ。

「はたして、鬼の目が通用するのかどうか。矢背さま、この顚末《てんまつ》はどうなるものとおもわれますか」

逸見は好奇に瞳を輝かせつつ、下から覗きこんでくる。

蔵人介は表情も変えず、鬱陶《うっとう》しい相番の顔から目を逸らした。

三

六日は一の酉《とり》、矢背家の面々は遊山《ゆさん》も兼ねて日暮里《にっぽり》の諏訪《すわ》明神へおもむいた。神社で御神木を削ってつくった杉箸を頂戴し、寛永寺裏手の獣肉屋《ももんじ》で猪鍋《ししなべ》を突っついたあと、杉箸を川に流して穢《けが》れを浄めるべく、みなで音無《おとなし》川の汀へ向かう。

これは信濃《しなの》の諏訪神社に古くから伝わる「諏訪の箸」という例祭に基づくもので、毒味を家業にする矢背家にとってはたいせつな年中行事のひとつだった。それゆえ、蔵人介を筆頭に志乃も幸恵も卯三郎も顔を揃え、従者の串部はもちろん、下男の吾助と女中頭のおせきまでしたがっていた。

卯三郎にとっては、初めての箸流しである。

居候《いそうろう》の身でありながら、実子の鐵太郎を差しおいて矢背家の嗣子《しし》となった。鐵太郎は大坂《おおさか》で医者になる道を選び、卯三郎自身は蔵人介や志乃に課された厳しい試練を乗りこえてきた。矢背家を継ぐことへの戸惑いや鐵太郎への申し訳なさは疾《と》うに払拭できたはずなのに、家のたいせつな行事にのぞむと、割り切れない気持ちがひょっこり顔を出す。

そもそも、納戸《なんど》払方《はらいかた》に任じられた隣家の部屋住みであった。父の後継となった兄が上役の不正に加担できずに気鬱となり、おのれの手で母を殺めて自刃した。兄の仇を討とうとして上役の屋敷に乗りこんだ父も返り討ちにされ、家は改易の憂き目となり、不幸のどん底を味わっていたとき、救いの手を差しのべてくれたのが蔵人介であった。

それから、三年が経つ。鐵太郎とのちがいは、矢背家には欠かせぬ剣術の力量を備えていることだ。斎藤弥九郎《さいとうやくろう》の主宰する練兵館《れんぺいかん》では師範代を任されるほどの腕前を持ち、少々のことではへこたれぬ胆力も備えている。志乃にも「鬼役となるのは天命なのです」と説かれ、みずからも蔵人介のようになることを望んだ。

それでも、音無川に杉箸を流すときは、はたして自分でよいのであろうかと、深刻な顔で自問自答した。

鬼役には毒味以外にも為すべきことがある。

――悪辣非道な奸臣を成敗する。

響きこそ勇ましいが、要は人斬りにほかならない。

しかも、志乃や幸恵は裏の役目を知らぬという。

近しい者にも内密にしておかねばならぬ役目を果たすことなど、自分のような者にできるのだろうか。

常に葛藤《かっとう》を抱えながらも、卯三郎は蔵人介の背中だけをみつめていた。

一方、蔵人介は杉箸を流したあとも、音無川の流れをじっと目で追いつづけた。

卯三郎の揺れる気持ちなど、心に留めている余裕はない。

樽屋の殺しについては、串部に命じてあらかた調べさせた。

凶事があったのは松明けの真夜中、妾のおとくが深川の妾宅に密通相手の情夫を誘いこんでいる最中だったらしい。樽屋次男坊の藤吉が酔った勢いであらわれ、玄関先でひと悶着あったのち、あらかじめ懐中に呑んでいた出刃包丁でおとくの胸をひと突きにした。藤吉はさらに、這々の体で逃げる情夫を追いかけて馬乗りになり、首や背中を無数に刺したのだという。

「耐えがたいほどの悋気《りんき》に衝き動かされ、走ったとしかおもえませぬな」

串部の言うとおりだが、耐えがたいほどの悋気を抱いていたとなれば、藤吉もおとくと深い仲になっていたものと推察される。父親に内緒で密通をかさねておきながら、別の男との密通を許すことはできなかったのだ。

情夫の名は江見庄輔《えみしようすけ》、女形の緞帳《どんちよう》役者であったという。そもそもは脱藩浪人だったらしく、苗字を名乗っていた。侍とは言えぬが、いちおうは苗字のある者を殺めたことで罪は一段と重くなるはずなのに、藤吉の身柄は拘束もされずに樽屋の屋敷へ戻された。

「信じ難いはなしですが、追って沙汰があるまで謹慎するようにと、御目付筋から樽屋に指図があったとかで」

幕臣でもないのに目付が動いたり、寛大な指図が下された背景には、樽屋藤左衛門の金銭工作があるはずだが、串部もまだ確実な証拠は手にしていない。

身内に重罪人が出れば、樽屋自身が崖っぷちに追いつめられる。幕初からつづく名家といえども厳罰は免《まぬか》れず、廃業も覚悟せねばならぬところだ。必死になるのはわかる。江戸市中からの永追放という沙汰が下されれば、世間のみる目も変わる。斬首にならなかったのは、拠所《よんどころ》ない事情でもあったのだろうとおもう。あわよくば同情すら集まるかもしれず、いずれにしろ、樽屋の立場は安泰のままでいられる見通しがついていた。

事は思惑どおりに進むはずであったが、おもいがけない障壁が立ちはだかった。

笹毛忠八郎である。

鬼の異名をとる笹毛は脅しに屈せず、筋を通そうとするであろう。

もちろん、そうすべきだし、そうしてほしい。が、命は危うくなる。

一刻も早く、僧形の大男と雇った者の正体をつきとめねばなるまい。

それと同時に、笹毛の身を守る術《すべ》も考えておかねばならなかった。

串部ひとりでは手に余るので、卯三郎を防《ふせぎ》に張りつけさせよう。

そんなことを考えながら帰路をたどっていくと、志乃と幸恵は寛永寺に詣でていきたいと言いだした。

「清水寺《きよみずでら》も不忍池《しのばずのいけ》の弁天《べんてん》島も紛《まが》いものにござりますが、お山の桜だけは愛でておきたいものでな」

桜の便りによれば、いまだ五分咲きほどらしい。

それでも、蔵人介は「ご随意に」と微笑んで見送った。

卯三郎たちも志乃にしたがうので、不忍池の途中でみなと別れ、串部とふたりで無縁《むえん》坂のほうへ向かう。

坂上には春日局《かすがのつぼね》の菩提を弔う麟祥院《りんしょういん》があった。枳殻寺《からたち》としても知られているが、開花はまだであろうと期待もせずに上っていくと、蒼天を背にした生垣に真っ白な花が咲いていた。

「ほう、鮮やかな」

無粋な串部も息を呑むほどの美しさだ。

枳殻の生垣は半丁近くもつづくので、千石船《せんごくぶね》に張られた白い帆が風に揺れているようにもみえる。

おもいがけぬ褒美であったが、生垣のさきに黒い人影が待ちかまえていた。

串部は足を止め、さっと身構える。

「だいじない。あれは小籔半兵衛だ」

蔵人介が顎をしゃくると、半兵衛は滑るように近づいてきた。

如心尼の密命を伝えるのは里の役目ゆえ、桜田御用屋敷の使いではあるまい。

「どうした半兵衛、何用だ」

水を向けてみると、暗い顔で逆しまに問うてくる。

「矢背さま、何やら余計なことに首を突っこまれておられませぬか」

半兵衛の投げやりな物言いに、串部が食ってかかる。

「おぬし、無礼であろう」

蔵人介がこれを制し、正直に応じてやった。

「樽屋の一件か」

「いかにも。町年寄の実子が悋気に狂い、父親の妾と情夫を殺めた。さようなつまらぬ出来事に、何故、矢背さまともあろうお方が関わりなさるので」

「関わってはならぬ事情でもあるのか」

「ござります」

「聞かせてほしいな」

勘がはたらいた。

ひょっとしたら、半兵衛は僧形の大男について何か知っているのかもしれない。

「樽屋の実子がどうなろうと、知ったことではないようにおもわれますが、もしや、矢背さまは笹毛なる奥御右筆を救おうとなさっておられるのか」

「そのつもりだと言ったら、どうする」

「以前から懇意にしておられたので」

「いいや」

「ならばなぜ」

半兵衛は小鼻をひろげ、いつになく粘ってみせる。

蔵人介は遠くをみつめ、こたえらしきものを捻りだす。

「強いて申せば、鬼と綽名される者同士の因縁かもしれぬ」

「笑止《しょうし》な。関わりの薄い者のために、お命を敢えて危険に晒すこともありますまい」

蔵人介は片眉を吊りあげる。

「おぬし、僧形の刺客を存じておるのか」

「存じております。かつて、その者の下におりましたゆえ」

一瞬の沈黙ののち、蔵人介はぼそっとつぶやいた。

「聞き捨てにならぬな」

すかさず、半兵衛は身を乗りだしてくる。

「手を引くと仰るなら、その者の正体をお教えしましょう」

「取引をいたすつもりか。されど、おぬしに何の利がある」

「気恥ずかしゅうござるが、矢背さまを失いたくありませぬ。如心尼さまの密命を果たすことができるお方を、ほかに知らぬからにござります」

半兵衛は喋りながら、未通《おぼこ》娘のように頰を染める。

串部が憤然と吼えた。

「阿呆か、おぬし。わが主人は歴戦の兵《つわもの》ぞ。何処の馬の骨とも知れぬ相手に敗れるとでも申すのか」

「敗れるやもしれぬ。それゆえ、手を引いていただきたいのでござる」

蔵人介は、ふっと笑う。

「されば、わしがそやつを斬ると約束したらどういたす」

半兵衛は黙りこみ、ごくっと唾を呑みこんだ。

蔵人介はつづける。

「まことは、わしに斬ってほしいのではないのか。そやつとともに来《こ》し方の出来事もことごとく葬りたいと願っておるのであろう」

図星のようであった。

半兵衛は蒼白な顔で吐きすてる。

「尾張徳川家、御土居下御側組《おどいしたおそばぐみ》の元支配、大海常右衛門《たいかいつねえもん》。それが刺客の正体にござります」

ひと息のもとに言ってのけ、くるっと背を向けた。

枳殻の花弁《はなびら》が風に舞っている。

蔵人介は呼びとめなかった。

半兵衛の消したい過去を尋ねる気もない。

笹毛忠八郎を斬ろうとする者は、いかなる強敵でも討ち破ってみせる。

淡雪のように舞う花弁を眺めつつ、蔵人介は胸につぶやいた。

四

卯三郎は詳しい理由も知らされぬまま、笹毛忠八郎の防に就かされた。

屋敷は蛙原の一角にあり、笹毛は病弱な養母と暮らしている。

草履取りの老爺や賄いの女中ともども、卯三郎も住みこみを許されていた。

すでに三日目になるが、何も起こらない。何か起こってほしいと期待しているわけではないが、あまりに暇すぎて欠伸《あくび》を嚙み殺すのに苦労していた。

当初、笹毛は「矢背どのにお骨折りいただく筋合いはない」と怒り、卯三郎の受けいれを頑《かたく》なに拒もうとした。それでも、蔵人介は「死んだら元も子もない」と粘り腰で説き、卯三郎を無理に押しつけたのだ。

「おぬしも辛かろう。下手に剣術《やっとう》ができるのも考えものだな」

笹毛は下城の途中で足を止め、笑いながら皮肉を述べる。

前後になって半蔵御門を通りぬけ、濠端の道をのんびり歩きだしたところだ。

「いいえ、断じて辛くなどござりません」

卯三郎は怒ったように応じた。

当然のごとく、登城と下城の道筋も随行しなければならない。

屋敷に居るよりは気が紛れるので、正直なおもいを述べたにすぎなかった。

笹毛は役目で多忙を極めているらしく、城から離れるとほとんど口をきかなくなる。卯三郎もそのほうが気楽だったが、今日は機嫌でもよいのか、登城のときから親しげに声を掛けてきた。

「わしを脅した僧形の男は、おそらく大海家の者だと、矢背どのは仰せになったな。おぬし、尾張の御土居下御側組なるものがどういうものかわかるか」

「いいえ、よくは存じあげませぬ。何でも、名古屋《なごや》城が落城せんとしたとき、ご当主を遠くへ逃す役目を負っている者たちだとか」

「さよう。御土居下は名古屋城三ノ丸北に広がる低地のことでな、そこだけは東西四丁にわたって塀も濠も石垣もなく、土堤だけが堆《うずたか》く盛られておる。じつは、そこが御城のうずら口なのだ」

「うずら口」

まんがいちのときの脱出口である。尾張家の当主を御土居下から逃し、忍び駕籠に乗せて木曽《きそ》路へ向かう。

「それが御土居下衆と呼ばれる者たちのお役目さ」

「お詳しいですな」

「若い時分に三年ほど、名古屋城におったことがある」

「なるほど、それで」

「以前、御土居下衆は十八家から成っておった」

中核をなすのは七石二人扶持《ぶち》の同心たちで、鉄炮術に秀でた家もあれば、馬術や軍学を得手とする家もあり、十八家が持ち場に応じて特技を分担するようになっていた。それら十八家を束ねていたのが大海家だという。

「大海家でもっとも名の知られておるのは、元禄《げんろく》から享保《きょうほう》を生きぬいた四代目の常右衛門利直《としなお》だ」

第六代藩主の継友《つぐとも》に目を掛けられ、袴と帯刀を許された。背丈は六尺（約一・八メートル）、体重は二十四貫（約九〇キロ）におよび、人ひとり乗せた駕籠をたったひとりで担ぎ、息も切らさずに何里も走ったと言われている。

「天下無双の怪力で、柳生《やぎゅう》新陰流《しんかげ》と転心《てんしん》流柔術を会得していたとか」

「笹毛さまを脅したのは、その怪力の末裔《まつえい》であると」

「直系かどうかはわからぬ」

泰平の世がつづき、御土居下衆の役目も形骸と化した。笹毛が赴任《ふにん》していたころは十八家どころか、いるのかどうかもわからぬほど影が薄かったらしい。

「もっとも、まんがいちのときに備える影の役割を担う者たちゆえ、間者として黒鍬衆《くわしゅう》などに紛れ、千代田《ちよだ》城を探らせておったとの噂もあった。噂が真実《まこと》なら、はぐれた者があったとしても不思議ではない。いずれにしろ、そやつが尋常ならざる手練であることは、矢背どのの一刀を錫杖で容易に弾いたことでもわかる」

「養父上《ちちうえ》の一刀を錫杖で」

「聞いておらなんだのか」

「ええ」

「されば、言わねばよかったかな」

肩を並べて歩いていくと、土手道の一角に目が留まった。

「ん、枝垂れ桜か」

「満開ですね」

「いいや、すでに盛りは過ぎておる。花の盛りもわからぬようでは、人の善悪も判別できまい。ちと心許《こころもと》ないな。おぬし、養父上の後を継いで鬼役になるのであろう」

「はい」

「ならば、城勤めの厳しさを知っておいたほうがよいぞ」

卯三郎は足を止める。

「笹毛さま」

「何だ、あらたまって」

「幕臣の心得をお教え願えませぬか」

「ふうむ、そうよな。ひとことで申せば、忠心であろう。されど、忠心を貫くのは、言うほど容易なことではないぞ。肝要《かんよう》なのは、自分に嘘を吐かぬということだ」

「自分に嘘を吐かぬ」

「それがなかなかに難しゅうてな」

笹毛は苦笑しながら、枝垂れ桜を仰ぐ。

「たとえば、上役から『命にしたがえ』と恫喝《どうかつ》されたら、どれだけ理不尽なはなしでも、たいていの者はみずからを偽って嘘を吐く。『出世に響くぞ』と脅されれば、老いた双親や妻子の顔を思い浮かべよう。それでも、おのれの信念を貫きとおす覚悟のある者を忠臣と呼ぶ。忠臣がおらぬようになれば、早晩、徳川の世は滅びるであろう」

「笹毛さまはやはり、ご自身の信念を貫くおつもりですか」

「忠臣として仕えるのが、わしの生き甲斐ゆえな。ふふ、今朝も組頭から強意見《こわいけん》されたた。『下らぬ意地を張って、出世を棒に振るな』とな。これを一蹴《いっしゅう》すると、午過《ひるす》ぎになって、こんどは御目付の矢田部さまに呼びつけられた。『意見書を取りさげよ』と迫ってこられたゆえ、きっぱり断ってやったのだわ」

「いや、あっぱれですね」

「矢田部さまは血走った眸子で、わしを睨んでおられた。ひょっとしたら、大海が出張ってくるやもしれぬぞ。ほれ、噂をすれば影だ」

土手道の行く手をみれば、大きな僧形の人影が佇んでいる。

「すわっ」

卯三郎は考えるよりもさきに、脱兎のごとく駆けだした。

生死は二の次で、笹毛を守ることしか考えていない。

近づいてみると、相手は途轍《とてつ》もなく大きい。

それでも、恐れや迷いは微塵もなかった。

「とあっ」

恩師の斎藤弥九郎に貰った秦光代《はたみつしろ》を抜刀し、抜きつけの一撃を繰りだす。

刹那《せつな》、大海らしき僧形の男は土を蹴りつけ、三間近くも跳躍してみせた。

卯三郎の背後に舞いおり、風のように走りだす。

「しまった」

大海の正面には、笹毛が棒のように立ちすくんでいた。

このままでは、錫杖のひと振りで脳天を割られてしまう。

「くそっ」

踵を返して、追いかけた。

と、そのとき、妙な謡《うた》いが聞こえてきた。

「どうどうたらりたらりら、たらりあがりららりどう、ちりやたらりたらりら、たらりあがりららりどう……」

寿詞《よごと》のようだ。

ふいにあらわれたのは、頰の痩《こ》けた土気色《つちけ》の顔をした男であった。

「……や、痩せ男か」

蔵人介の命をつけ狙う得体の知れぬ刺客にほかならない。

下男の吾助も斬られ、志乃も危うい目に遭った。

そればかりか、蔵人介までもが脇胴を抜かれる不覚を取った。

能楽師のごとく華麗に舞い、無拍子《むびょうし》流の空下《からくだ》りなる技を使う。

捕らえようとすれば陽炎《かげろう》のごとく、予期せぬところへ移りゆく。

敵であるはずの痩せ男が、どうしたわけか、笹毛の盾となっていた。

すぐさま尋常ならざる力量を察したのか、大海らしき男は後退りし、土手を駆けおりて草叢《くさむら》に消えてしまう。

「うっ」

手足が動かない。

不動金縛《ふどうかなしば》りの術にでも掛かったのだろうか。

口だけは、どうにか動かすことができる。

「……ど、どうして……す、助《す》けるのだ」

卯三郎は前歯を剝き、陽炎のような人影に問いかけた。

地の底から、殷々《いんいん》と痩せ男の声が響いてくる。

「助けたのではない。大海常右衛門に獲物を掻っ攫《さら》われては困るゆえ、阻んだままでのこと」

「……や、やはり、あやつは大海なのか」

「さよう、わしの雇い主に腕を売りこんできおった。くふふ、鬼役に伝えておけ。大海常右衛門の力量を侮《あなど》れば痛い目をみるとな。そして、矢背家の女主人にも伝えよ。苦しんだあげくに死なせてやるとな」

「……ま、待て」

痩せ男が煙と消えた途端、卯三郎は前のめりに倒れた。

からだが自在に動く。急いで駆け寄ってみると、笹毛は棒立ちのままで気を失っていた。

「くそっ」

痩せ男のおかげで窮地を免れたことも、役立たずの自分が赤子のように扱われたことも、何もかもが地団駄《じだんだ》を踏みたくなるほど口惜しい。

卯三郎は全身汗まみれになりながら、みずからに悪態を吐きつづけた。

五

十日朝、妾殺しの吟味を受けていた樽屋藤吉の罪状が「江戸市中より永追放」と定まった。

「納得がいかぬ」

笹毛忠八郎は憤然と吐きすてるや、老中が執務をおこなう上御用部屋前の廊下で水野忠邦を待ちうけ、切腹する覚悟で「樽屋の一件につき吟味差戻《さしもどし》」の直訴をおこなった。反応は芳しいものではなく、奥右筆らしからぬおこないを厳しく咎《とが》められ、午過ぎになって「自宅にて謹慎」の沙汰を受けた。

あまりに急な展開に、さすがの蔵人介も驚きを禁じ得ず、何とかしなければという焦りだけを募らせながら、ともかくも笹毛が謹慎を余儀なくされた番町の自宅へ足を向けた。

内密に会って慰め、微力ながら助力したい旨を伝えようとおもったのだ。

串部と卯三郎は大海の行方を追わせているので、随伴《ずいばん》していない。

提灯で薄暗い道を照らすのは、下男の吾助だった。

洛北の八瀬で生まれ、先代から矢背家に仕えている。好々爺《こうこうや》にしかみえぬが並みの男とちがい、体術と武術をきわめていた。

「またしても、痩せ男が出おったそうですな」

吾助は遠慮がちに問うてくる。

そもそも、痩せ男とは『善知鳥《うとう》』や『阿漕《あこぎ》』といった能の演目でシテが付ける能面の呼び名だった。殺生戒を破った業深き罪人の霊である。おのれが地獄の劫火《ごうか》に焼かれるさまを思っては恐れおののき、飽くなき生への執着を捨てられずに彼岸と此岸《しがん》の狭間を彷徨《さまよ》いつつ、恨んだ相手に禍《わざわい》をもたらす。

蔵人介ばかりか矢背家にまとわりついて不幸をもたらす男は、喩えてみれば、この世に未練を残して死にきれぬ生き霊とも言うべきものかもしれない。

「もう一年近く経つというのに、今でも時折、あやつに斬られる夢をみます」

吾助は志乃の身を守って胸をざっくり斬られ、死の淵を彷徨った。

「一命を取りとめたあと、おぬしは琵琶《びわ》湖の比良《ひら》山地に棲むという能面居士《のうめんこじ》のはなしを語ってくれたな」

「おぼえておいででしたか」

面が顔から離れなくなった修行僧のはなしだ。

「忘れるはずがあるまい」

何者かの怨念が面に憑依《ひょうい》し、修行僧は夜な夜な洛中にあらわれては人を食うようになった。この世とあの世を行き来する化け物になり、都の人々に恐れられたという。吾助がまだ幼いころ、老婆から聞いた言い伝えであった。

「痩せ男は能面居士かもしれぬと、おぬしは言うた。まことかもしれぬ」

面に隠された顔はわからず、刺客という以外に正体は判然としない。ただ、志乃に深い恨みを持ち、八瀬の地とも浅からぬ因縁で結ばれていることを、わざわざ本人が匂わせてきた。

「どうどうたらりたらりら、たらりあがりららりどう……耳を澄ませば、怪しげな寿詞《よごと》が聞こえてくるかのようでござります」

「わしとて同じ。時折、あやつに斬られた夢をみる」

忽然とあらわれた痩せ男は、滑らかな動きで宙に舞い、舞いの途中で片足をわざと踏み外してみせた。空下りと呼ぶ無拍子流の奥義とも知らず、蔵人介は予期せぬ動きに惑わされ、脇胴を抜かれてしまったのだ。

「魘《うな》されて起きたときは、褥が汗で濡れておってな。ふふ、かようなはなし、おぬしにしかできぬわ」

「大奥さまのことが案じられます。卯三郎さまから痩せ男のことをお聞きになるや、鬱《ふさ》ぎこんでしまわれたご様子で」

何か心当たりでもあるのだろうか。

問うてみたいが、その機会は訪れないような気もする。

まんがいち災厄が降りかかっても、志乃は誰にも頼らず、みずからの力で解決しようとするだろう。執拗に命をつけ狙われる理由が来し方の因縁に基づくものだとすれば、問うてはならぬことでもあるような気がした。

吾助の照らす提灯の炎が揺れる。

「大海なる者は、痩せ男の雇い主に腕を売りこんでおるのだとか。雇い主とはやはり、金座《きんざ》を牛耳る後藤三右衛門《ごとうさんえもん》のことにござりましょうか」

以前、公人朝夕人の伝右衛門が探りを入れてきた。後藤は質の劣る貨幣を濫造《らんぞう》し、幕府に多大な差益を儲けさせ、幕政の舵取りをおこなう水野忠邦から絶大な信頼を得ている。我が世の春を謳歌《おうか》する金座の総帥に雇われ、痩せ男は汚れ仕事を一手に請けおっているというのだ。

大海も後藤の飼い犬となれば、事は入りくんだ様相をみせてくる。

「今は考えまい。金座のことも、痩せ男のこともな」

「それがよろしいかと」

提灯をかたむけると、蛙原の枝垂れ桜が化け物のように浮かびあがってきた。

編笠をかぶった侍の人影がひとつ、行く手の坂道を下っていく。

「ん、あれは笹毛さまではあるまいか」

謹慎の身で屋敷を脱けだすとは、よほどのことでもあるのだろう。

吾助は提灯の火を吹き消した。

気づかれぬように、ふたりで後を尾ける。

笹毛は牛込御門まで歩き、桟橋へ向かった。

どうやら、小舟で神田川を下るつもりらしい。

吾助が急いで別の小舟を探し、どうにか見失わずに追走できた。

「何処へ向かわれるのでござりましょう」

二艘の小舟は柳橋で神田川から大川《おおかわ》へ躍りだし、そのまま大川を斜めに突っ切る。

舳先をねじこんださきは、新大橋《しんおお》と永代橋《えいたい》のなかほどに位置する仙台堀《せんだい》だ。

小舟は上《かみ》ノ橋から亀久橋《かめひさ》まで一気に漕ぎ進み、さらにそのさきへと向かう。

「木場《きば》でござりましょうか」

「いいや、要橋《かなめ》の手前を右手に折れれば島田町《しまだちょう》だ」

「なるほど」

吾助も勘は鋭い。

笹毛の行きたいところがわかったようだ。

「樽屋の妾宅でござりましょうか」

「おそらくな」

おもったとおり、笹毛を乗せた小舟は要橋の手前を右手に折れ、島田町の栈橋に吸いこまれていった。

凄惨な殺しのあった妾宅には、寄りつく者とておるまい。

にもかかわらず、いったい何をしに来たのか。

笹毛は栈橋を離れ、蔵人介と吾助も陸にあがって背中を追いかける。

隠れてこそこそ尾けることもないと察し、吾助に提灯を点《つ》けさせた。

笹毛は黒塀のつづく小径《こみち》を何本か曲がり、目途の妾宅へたどりつく。

道に迷わぬところから推すと、何度か訪ねたことがあるのだろう。

蔵人介は足早に近づき、背中にそっと声を掛けた。

「笹毛どの、矢背蔵人介でござる」

笹毛は驚いたように振りむき、すぐに落ちつきを取りもどす。

「わしを尾けたのか」

「蛙原でお見掛けしましてな、声をお掛けする機会を逸しました。申し訳ござらぬ」

「いや、謝られては困る。そこまでこの身を案じていただき、こちらこそ礼を申す」

深々と頭を下げられ、蔵人介は戸惑った。

「笹毛さま、頭をおあげくだされ。そんなことより、ここで何をしておられる。ここは樽屋の妾宅でござろう」

「さよう。訪れるのは、これで三度目だ」

「いったい、どうして」

「重大な案件を吟味する身として、凶事の真相を知らねばならぬとおもうてな」

たしかに、殺しの現場を知らぬ者が下の報告だけを鵜呑みにしていたら、真相から遠ざかる危うさは増す。だからといって、いちいち現場に足を運ぶ奥右筆など皆無に等しく、少なくとも蔵人介はそこまで律儀で役目に熱心な人物を知らなかった。

笹毛は言う。

「じつは、下手人の藤吉にも会い、内々にはなしを聞いた」

「まことでござるか」

「多くは要領を得ない内容ではあったが、ひとつだけ重要な証言を得られましてな。妾宅には妾のおとくと情夫の江見庄輔のほかに、もうひとり男がおったというのです。しかも、そのはなしは御目付筋の役人にはちゃんと告げてあった。にもかかわらず、それがしのもとにあがってきた書面には、ひとことも記されておりませなんだ」

「御目付筋にとっても知られたくない人物が妾宅に潜んでいて、凶事ののち、秘かに逃れていたということになりましょうか」

「そのとおりでござる」

笹毛はどうしても、もうひとりの人物の正体を知りたくなり、手懸かりを求めて周囲を探っているのだという。

「謹慎の御沙汰を受けた身なれば、奥右筆への復帰はござるまい。おそらく、小普請入りとなろう。されど、このままでは終われぬ。妾殺しの裏に何があったのか、真相を摑まぬことには死んでも死にきれぬ。詮無いことかもしれませぬが、その一念で足を運んだのでござるよ」

「感服《かんぷく》いたしました」

笹毛のような忠臣を失うのは、徳川家にとっても大きな損失である。

蔵人介は如心尼に頭を下げてでも、復帰させる道を探さねばなるまいとおもった。

そこへ、何処かに消えていた吾助がふらりと戻ってくる。

「逃れた男の素姓がわかるやもしれませぬ」

「えっ、まことか」

驚く笹毛に向かって、吾助はにやりと笑う。

「そこから三つ目の辻を曲がったところに、旦那衆を乗せる辻駕籠が何挺か控えております。駕籠かきに尋ねたところ、殺しのあった晩遅くに、顔面蒼白で声を震わせた人物を日本橋の富沢町《とみざわちょう》まで乗せた者がおりました」

「それだ」

「駕籠かきは、客の素姓も教えてくれました。何でも、佐平《さへい》という名主だとか」

「富沢町の名主か」

笹毛が吐きすてる。

「さっそく、向かってみますか」

蔵人介の誘いで桟橋まで取って返し、三人はひとつの小舟に乗りこんだ。

六

浜町《はまちょう》河岸、千鳥《ちどり》橋下の苫屋《とまや》は朽《く》ちかけ、人の出入りした気配はない。

佐平なる悪徳名主は着物をすべて奪われ、吹きぬける隙間風に震えていた。

吾助の責め苦に耐えられず、生爪を二枚剝がしたところで必死に懇願しはじめる。

「……ご、ご勘弁を……な、何でも喋ります」

「されば、凶事にいたる経緯を教えてくれ」

吟味役の笹毛が冷静な口調で促す。

蔵人介と吾助は後ろで眸子を光らせた。

「とあるお方から、指図を受けたのです。藤吉が逆上して妾のおとくを殺《や》るように仕向けよと」

それゆえ、おとくと情夫《いろ》がいっしょにいるところを、佐平はわざわざ狙ったのだという。

「おぬしが藤吉を連れだしたのか」

「はい。あらかじめ、情夫のことは藤吉の耳に入れておきました」

「おぬしに指図を下した者とは」

「御目付の矢田部信造さまにございます」

「わからぬな。何故、矢田部さまが樽屋の妾を殺めねばならぬ」

笹毛が首を捻ると、佐平はあきらめたように吐きすてた。

「おとくは樽屋でなく、矢田部さまの妾なのでございます」

「何だと」

はなしは、ちょうど一年前に遡《さかのぼ》る。

深川の料理茶屋で樽屋藤左衛門の主催する宴席があり、そのときの上客が矢田部であった。

「大川に面した川筋一帯が鉄砲水に襲われ、町じゅうに土堤普請を急げとの声があがっておりました。おわかりのように、幕府の御役人というものは、裏で金を積まねば重い腰をあげませぬ」

樽屋としては下々の声にこたえるべく、黒鍬《くろくわ》衆を支配する目付の矢田部と濃密な関わりを持たねばならなかった。

佐平は何人か同席した名主のひとりだった。ほかの連中は三河《みかわ》以来の草創名主たちだが、末席に座る自分だけが平名主にすぎなかったと自嘲する。平名主の分際で同席できたのは、故買品の古着を集めて転売することで身代《しんだい》を築いた佐平が樽屋にとって「役に立つ男」だったからだ。

「市中の揉め事や厄介事はことごとく、手前にお鉢がまわってまいりました。強面の連中をけしかけて、そいつをひとつずつ解決してやったのに、いつのまにか『悪徳名主』なんぞと呼ばれるようになりましてね。ふん、言ってみれば、樽屋の旦那に汚れ役をやらされていたようなものだ。次男坊の藤吉にしても、博奕《ばくち》に嵌まって二進《にっち》も三進《さっち》もいかなくなっていたのを、手前が助けてやったのです。一度助けてやって以来、ずいぶん懐《なつ》かれて困りましたけどね、へへ」

矢田部を招いた料理茶屋の手配も、佐平が樽屋に頼まれてやったことだという。

「樽屋の旦那が辰巳《たつみ》芸者を所望されたので、徳次郎《とくじろう》という権兵衛《ごんべえ》名《な》の一番人気を呼んでおきました。三味線の弾き語りがとびきり上手な芸者でしてね。この徳次郎を、矢田部さまがひと目で気に入られた。どうにかならぬかと、樽屋の旦那にしつこく頼みこんだのです」

佐平は面倒臭い交渉役をやらされた。が、ここで目付に恩を売っておけば何かと都合がよいと算盤を弾き、徳次郎の身請け話をまとめてみせたと胸を張る。

「矢田部さまは一夜かぎりでなく、徳次郎を妾にしたいと仰いました。抜け目のないお方で、ご自分で給金は払わぬと威張りくさる。しかも、はなしをまとめるにあたって、大きな壁がひとつございました。お内儀が大変な焼き餅焼きで、妾はいっさい許さぬと通達されておられるのだそうです」

笑い話のようだが、矢田部信造は大真面目であった。家格の劣る家からの婿養子らしく、内儀に頭のあがらぬ恐妻家なのだ。

「それでも、徳次郎を妾にしたい。それができねば、黒鍬衆への指示は出さぬと駄々をこねる始末。詮方なく樽屋の旦那が身請け人になることではなしをつけた」

世間は徳次郎を樽屋の妾とみなし、徳次郎にも嘘を吐きとおすように言いふくめた。

矢田部は満足し、樽屋のほうで用意した島田町の妾宅へ足繁く通うようになったという。

徳次郎への給金は一銭も払わず、宴席のたびに多額の賄賂を要求する。

佐平のはなしが真実ならば、矢田部は葬ってしかるべき奸臣にほかならぬと、蔵人介はおもった。

そんな矢田部のせいで更迭《こうてつ》されたも同然なのに、笹毛はいたって冷静である。

「ところが、一年経って情況は変わった。いったい、何があったのだ」

「徳次郎……いえ、おとくが我が儘を言い出しましてね、給金を倍にしてほしいと矢田部さまにねだった。すでに、何度か給金は上げてやったので、はなしを聞いた樽屋の旦那はもう面倒をみきれぬと怒りだしました。すると、おとくは小料理屋をひとつ持たせてほしいと言いだした。元来が気の多いおなごにござります。調べてみると、それは秘かにくわえこんでいた情夫に持たせたい見世《みせ》のようだった。さすがに、矢田部さまも樽屋に迷惑をかけるなと叱ったそうにござります。すると、おとくは開き直り、矢田部さまのお屋敷に駆けこむと言いだした」

矢田部は褥で殺意を抱いた。が、みずからの手を汚すわけにはいかず、懇意になった佐平に相談を持ちかけてきたのだという。

「手前は、おとくが藤吉と深い仲になっているのも存じておりました。藤吉は暢気《のんき》なやつで、おとくが父親の囲い者だと頭から信じていた。つまり、矢田部さまとの関わりは知らずにいたので、藤吉をけしかければ何とかなるかもしれぬと、手前はおもいつきました」

樽屋藤左衛門の実子が殺しをやったとなれば、樽屋自身も無事では済まなくなる。しかし、矢田部が目付の権限で上手く処理してやれば、厄介者のおとくはこの世から消えてなくなるし、樽屋にも恩を売ることができるし、一挙両得ではあるまいか。

そうやって佐平が説いたところ、矢田部は満足げにうなずいたらしかった。

ともあれ、妾殺しの段取りを仕込んだのは、佐平にほかならない。思惑どおり、情夫をみて逆上した藤吉は事におよび、殺しの咎で捕まった。にもかかわらず、江戸市中より永追放という軽い罰で済まされたのである。

「ふうむ」

笹毛は唸った。

怒りを押し殺しているようだ。

「大海なる刺客のことは存じておるのか」

蔵人介が代わりに問うと、佐平は脅《おび》えた眸子《まなこ》でうなずいた。

「恐ろしいお方にござります。大海さまは黒鍬衆の一部を束ねておられましてね、本来であれば矢田部さまに使われる身のはずなのに、手前にはどうもそうはみえない。汚れ役を買ってでて矢田部さまに恩を売り、悪事をなそうとしているとしかおもえませぬ」

「悪事とは」

「たとえば、古銅《こどう》にござります」

大海は手下に命じて橋の欄干や擬宝珠《ぎぼし》を毀して盗ませ、古金屋《ふるがね》に横流ししているのだという。

「矢田部さまはそれを知りながら、黙認しておられます。すでに、あの化け物に睾《きん》丸《たま》を握られているのでしょう」

古銅は吹所《ふきしょ》へ運ばれ、銅銭に鋳造《ちゅうぞう》される。大量に濫造される天保銭《てんぽう》の原料となるのだが、天保銭を濫造しているのは金座の後藤三右衛門にほかならない。

大海が後藤に自分を売りこんでいるというはなしを、蔵人介はおもいだした。

佐平は声を震わせる。

「大海さまは手前の目のまえで、古銅吹所見廻りのお役人を殺めました。太い腕を首に搦《から》め、粗朶《そだ》のように折ったのでござります。骨の折れた鈍い音が、今でも耳から離れませぬ。あの方は相手が誰であろうと、平気な顔で殺めてしまう。恐ろしい方なのでござります」

裏のからくりはわかった。

悪事の元凶は矢田部信造で、樽屋藤左衛門はむしろ騙されたにすぎない。莫迦な実子を持ったせいで飼い犬の佐平に手を嚙まれ、崖っぷちに追いつめられたと言うべきだろう。ただし、どのような事情があろうとも、藤吉のやった罪は消えない。裏から手をまわして実子の罪を軽くしようとした行為も、見過ごしてよいものではなかった。

一方、厄介なのは、欲に目がくらんで暴走しかねない大海常右衛門のほうだ。

いずれにしろ、決着をつけねばなるまいが、そのまえに笹毛の意志を確かめておかねばなるまい。

「佐平よ、わしはおぬしが申したことを書面にいたす。おぬしは町奉行所の詮議で、書面が正しいことを証明せねばならぬ。できるか」

「証明したら、どうなります。まちがいなく、打ち首にございましょうね」

「南町奉行所に訴えたら、まちがいなくそうなろう。されど」

「されど、何です」

「北町奉行所のほうなら、死なずともよい抜け道を考えてくれるやもしれぬ」

「遠山さまにございますか」

目を細める佐平に向かって、笹毛はじっくりうなずいてみせる。

「さよう、遠山さまは駆け引きのできるお方だ。矢田部信造の首を獲るのと引換に、訴人の罪を一等減じる程度の手心はくわえていただけよう」

「一等減じるとなれば、遠島にございましょうか」

「おそらくな」

佐平は溜息を吐く。

「八丈島《はちじょうじま》か。一生江戸には戻れませんね」

「ここで死ぬか、島で生きのびるか。命あっての物種ということばもあるぞ」

笹毛の発する台詞には、深い情けが感じられた。

たしかに、遠山ならば一等減じる裁きをしてみせるかもしれない。

佐平は肩の力を抜き、かくっと頭《こうべ》を垂れた。

「さようか、やってくれるか」

笹毛はふうっと息を吐き、蔵人介のほうに顔を向ける。

しばらくは誰にも知られぬよう、佐平は吾助の手配した廃屋で暮らすことになるだろう。

一抹の不安は、謹慎の沙汰を受けた笹毛の主張が何処まで通るかであった。

遠山といえども、これだけ揉めた案件を独断で裁くのは難しいかもしれない。

幕閣の老中あたりに相談すれば、叩きつぶされることも否定はできなかった。

こうなれば、笹毛を一刻も早く復帰させることが肝要だと、蔵人介はあらためておもいなおした。

七

十五日は梅若忌《うめわかき》、縁《ゆかり》のある向島《むこうじま》の木母寺《もくぼじ》では大念仏法要が催された。人買いに攫《さら》われて奥州《おうしゅう》に下る途中で亡くなった梅若なる貴公子と、我が子の悲惨な消息を知って発狂する母御前。涙を誘う伝説は『隅田川《すみだがわ》』という謡曲《うたい》になり、歌舞伎や浄瑠璃でも演じられている。

夕暮れとともに、曇天から雨粒が落ちてきた。

木々を濡らす弥生の雨は「涙雨」とも称される。

蔵人介は桜田の御用屋敷へ参じ、如心尼の御前に平伏していた。

みずからの願い事で参じるのは憚《はばか》られたが、背に腹は替えられなかった。

如心尼は里に熱い茶を運ばせ、ずずっと啜っている。

「香煎《こうせん》じゃ。そなたも嗜《たしな》むがよい」

里が滑るように近づき、堆朱《ついしゅ》の膳に載せた湯呑みを置いていった。

湯気の香りを嗅いだだけで、晴れやかな気分になる。

「疲れも取れ、よく眠れる。ささ、飲んでみよ」

「はっ」

熱い湯呑みを抱え、ひと口啜ってみた。

「どうじゃ、何がはいっているとおもう」

「まずは、炒《い》り米にござりますな。これに陳皮と粉山椒と何か香りの強い香辛料……さよう、茴香《ういきょう》をくわえて、白湯に溶かしたものにござりましょう」

「さすがじゃ、よくぞ当てておった」

如心尼は袖で口許を隠し、さも楽しげに笑いつづける。

悪い報せではないなと、蔵人介は察した。

おもったとおり、桜田の御用屋敷には大奥より吉報が届いていた。

如心尼は蔵人介の願いを汲み、姉小路のもとへ笹毛忠八郎の復帰を願いでてくれたのだ。

もちろん、大奥の年寄が役人の出処進退に口出しするわけにはいかないが、表向きのしかるべき筋にたいして遠回しに口添えくらいはできる。姉小路の意に沿わねば公方家慶に「役目怠慢」と告げ口される恐れも否めず、言われた側は何をおいても動かざるを得なくなるはずだった。

時候の挨拶とともに届けられた返書には、口添えの経緯が簡潔に綴られていた。

「早晩、奥御右筆の謹慎は解かれよう」

そうなれば、樽屋の妾殺しについても吟味差戻となる公算は大きい。

「稀にもない鬼役の願い事ゆえ、望みを叶えてやったわけではありませぬぞ。まんがいちにも吟味差戻となれば、本件を扱った御目付のみならず、断を下した水野越前守とて面目を失うであろう。わらわはな、小憎らしい越前の癇癪顔が拝みたかったのじゃ、ほほほほ」

朗《ほが》らかに笑う如心尼に向かって、蔵人介は平伏して感謝の気持ちを伝えた。

「そなたが気兼ねすることはありませぬ。樽屋は町人たちの範《はん》となるべき町年寄、実子の関わった凶事を曖昧なまま見過ごすわけにはまいらぬ。しかも、正しい意見を述べた奥御右筆を謹慎にいたすとは言語道断、役目への復帰は至極もっともな願いゆえ、わたくしの判断で姉小路さまにお口添えをいただいたのです」

「はっ」

蔵人介は礼をして暇《いとま》を告げた。

が、屋敷を去ることには一抹の不安を感じていた。

笹毛の復帰はありがたいはなしだが、敵がそうなった経緯を知れば、すぐさま反撃に転じかねない。ことによったら、如心尼に危害が及ぶ恐れも否定できないからだ。

それゆえ、随行した卯三郎を防《ふせぎ》に残し、串部にも声を掛けておいた。

翌晩、不安は的中した。

大海常右衛門が夜陰に乗じ、桜田御用屋敷にあらわれたのである。

里は探索で屋敷を離れていたので、如心尼を守る役目は卯三郎と小籔半兵衛に託される格好となった。

半兵衛は以前、尾張城主を守る御土居下衆のひとりとして大海に仕えていた。拠《よん》所《どころ》ない事情があって尾張藩を出奔し、紆余《うよ》曲折《きよくせつ》を経て如心尼に拾われただけに、大海との再会は因縁というしかない。

かつての上役と配下は、母屋《おもや》に面する裏庭で対峙した。

蔵人介はのちに、卯三郎の口から闘いの一部始終を聞くこととなった。

網代笠をはぐり取った大海は、禿頭《とくとう》の先端が尖《とが》っており、寿老人《じゅろうじん》のごとき風貌であったという。

かつての上役を面前にして、半兵衛は運命を呪うかのように顔を顰めた。

一方、大海のほうはさして驚きもせず、石灯籠の向こうから平板な口調で半兵衛を詰《なじ》りつづけた。

「おぬしは下賤の身でありながら、御側室に淡い恋情を抱き、それがために密殺の命を果たさず、わしのまえからすがたを消した。何処かで野垂れ死にでもしておるかとおもうたが、かようなところに隠れておったか。ふん、生き恥を晒しおって、哀れなやつめ。もはや、御側室のお袖《そで》の方はこの世におらぬ。ついでに申せば、密命を下した御中老の勝木《かつき》左近丞《さこんのじょう》さまもあの世へ逝った。ふたりとも、わしがこの手で葬ったのだ。お袖の方はな、身籠もっておられたぞ。腹の子もともに葬ったゆえ、尾張家の世継ぎ定めは勝木さまの思惑どおりに運んだことになる」

「されば何故、御中老を殺めたのでござるか」

「聞きたいか。それはな、禄の加増を拒んだからよ。黙って忠義を尽くせばよいと叱責され、むかっ腹が立ったゆえ、天誅《てんちゅう》を与えてやった。勝木のごとき奸臣に忠義を尽くすなどまっぴら御免だ。わしが忠義を尽くすとすれば、まちがいなく山吹色の小判よ。ふふ、おぬしもわかっておったであろう」

「ああ、わかっておったさ。あんたは頭でも何でもない。人の血が通っておらぬ化け物じゃ。さようなことは最初からわかっておった」

「くふふ、物を言わなんだはずの忠犬が、よくぞそこまで減らず口をたたくようになったのう。ともあれ、ここで会ったが百年目、おぬしも如心尼なる老女も、そこな若造もあの世へ逝ってもらうぞ」

「そうはさせぬ」

卯三郎が抜刀するよりも早く、半兵衛は駆けだした。

敷地は広く、真夜中ゆえに、起きてくる人影もない。

当の如心尼も、何も知らずに眠っているようだった。

「くおっ」

半兵衛は腰の直刀を抜き、頭から突きかかっていった。

「何の」

大海は錫杖を旋回させる。

――ばきっ。

直刀を枯れ木のごとく折られ、半兵衛はたたらを踏んだ。

「小籔どの」

卯三郎は咄嗟に叫んだ。

大海は背に隠した斬馬刀《ざんばとう》を抜き、瞬時に振りおろした。

「ぬわっ」

半兵衛は仰け反り、一刀をわずかの差で躱したかにみえた。

が、斬馬刀は鋭い弧を描き、右腕をばっさり落としていた。

「くそっ」

卯三郎は蹲《うずくま》る半兵衛を飛びこえ、上段の一撃を繰りだした。

――きいん。

大海に下から弾かれ、からだごと真横に吹っ飛ぶ。

起きあがったところへ、肉厚の斬馬刀が襲いかかってきた。

身を沈めてどうにか躱し、相手の臑を刈りにかかる。

串部に教わった柳剛流の一撃だ。

「何の」

大海はふわりと跳躍し、後方宙返りで身を離す。

体勢を立てなおし、鬼の形相で発した。

「若造、あの世でわしを恨むでないぞ」

卯三郎は相手の迫力に気圧《けお》された。なかば死を覚悟するところまで追いこまれたのだという。

大海はしかし、斬りかかってこなかった。

運の欠片《かけら》が残っていたというしかない。

串部が助っ人にあらわれたのである。
「遅ればせながら、馳せ参じましたぞ」
屋敷じゅうに響く声で吼えた途端、母屋の行灯が一斉に点いた。
女たちが夜着のまま廊下に飛びだし、あたりは騒然となった。
串部は少しも慌てず、大海に背後から斬りかかっていった。
息を吹き返した卯三郎も、反対から同時に斬りつけた。
ふたりの手練に挟まれては、さすがの大海も楽ではない。
女たちの悲鳴で集中も切れ、退散を余儀なくされたのである。
そうした顚末を、蔵人介は明け方になってから御納戸町の自宅で聞いた。
卯三郎によれば、御用屋敷の夜桜も半兵衛の血で濡れてしまったらしい。
串部が傷口を焼いて血だけは止めたものの、いまだ生死は判然としない。
衝撃を受けた如心尼は、寝込んでしまったようだった。
蔵人介は臍《ほぞ》を噬《か》んだ。
悪夢のような出来事は、自分が招いたようなものだ。
大海の動きは、こちらが予想した以上に素早かった。
「小籔どのは、いったい何を消したかったのでしょうか」

卯三郎に問われ、蔵人介は居間の天井をみつめた。

「わからぬ」

手の届くはずのない当主の側室に淡い恋情を抱いてしまったことなのか、それとも、上役の命を果たせずに出奔したことなのか。いずれにしろ、半兵衛は命を果たすことに忠実な御土居下衆でありながら、情に絆《ほだ》され、藩も身分も禄も捨てる道を選んだ。

上役の命に背くことを不忠と言うのならば、不忠であったおのれを恥じ、命を下した大海常右衛門ともども過去を葬りたかったのであろう。

運命には逆らえぬとあきらめた瞬間、半兵衛はあの世へ逝ってしまうにちがいない。石に齧《かじ》りついてでも生きのびる執着をみせれば、この世に留まる余地も生まれよう。

「何としてでも、生きのびていただきとうござります」

ともに闘った卯三郎は涙まで浮かべたが、蔵人介の心は冷めていた。

――毒味役は毒を啖うて死なば本望と心得よ。

養父に教わった教訓は、そのまま半兵衛にもあてはまる。

如心尼を守って死ねるのであれば、あっぱれ本望であったと褒められてしかるべきだろう。

ともあれ、我欲に目がくらんだ化け物を野放しにしておくわけにはいかない。

「あやつに勝てましょうか」

卯三郎にしてはめずらしく、弱気なことを言う。

蔵人介は座りなおし、襟を正してみせた。

「おぬしには無理だ」

「えっ」

「勝算なくば挑まず。誰のことばかわかるか」

「いいえ」

「おぬしの師だ」

「斎藤弥九郎先生にござりますか」

「さよう。勝算なくして挑むことを無謀という。わずかでも無謀と感じたときは、座して時を待つしかない。それで生涯が終わろうともな」

「生涯が終わろうとも、闘わぬこともあるということでしょうか」

「ある。死をも恐れぬことは大事だが、あたら命を粗末に扱ってはならぬ。死ぬべきときに死ぬ、それが武士《もののふ》だ。みずからの命を尊くおもわぬ者に人の命を語る資格はない。華々しく散ることだけが武士の本懐とおもう者に、刀を持つ資格はない」

堂々と胸を張り、嗣子と定めた相手に鬼役の心構えを説く。

卯三郎の身を借りて、みずからの胸にも言い聞かせていた。

――勝算なくば挑まず。

もちろん、大海常右衛門と闘うことは、蔵人介にとって無謀でも何でもない。

ちらりと目をやった床の間の刀掛けには、斎藤弥九郎から貰い受けた「鬼包丁《おにぼうちょう》」と呼ばれる脇差がある。

「いざとなれば、あれを使ってもよかろう」

泰然とうそぶく蔵人介には、揺るぎない自信があった。

八

十七日は浅草三社《さんじゃ》祭の宵祭《よいまつり》、浅草橋場《はしば》の料理茶屋にもお囃子の音色は聞こえてくる。

蔵人介はお囃子に耳をかたむけつつ、着流しの人物と差し向かいで酒を呑んでいた。

「おめえさんのほうから呼びだすなんざ、稀にもあることじゃねえ。こうみえても忙しい身だがな、鬼役の頼みとあっちゃ来ずにゃなるめえよ」

「かたじけのう存じます」

「しゃっちょこばった物言いはすんなって。一献かたむけりゃ、地位も糞もねえ。おめえさんの面前に座ってんのは、遊び人の金四郎《きんしろう》なんだぜ」

「はあ」

北町奉行所の遠山左衛門少尉景元と差しで呑める貧乏旗本は、おそらく、蔵人介をおいてほかにはおるまい。遠山は鬼役に課された裏の役目を知っているのだが、深く関わろうとはしないし、立場上も知らないふりをしていた。

「ところで、いってえ何のはなしだ」

「樽屋の妾殺しにござります」

「それか」

遠山は途端に仏頂面《ぶっちょうづら》をつくり、箸のさきで栄螺《さざえ》の殻を穿《ほじく》りはじめた。

「誰かさんが吟味の差戻を願いでて、謹慎の沙汰を喰らったらしいな」

「笹毛忠八郎さまをご存じですか」

「笹毛は仕置掛だ。町奉行のおれが知らねえわけねえだろう。ふん、やつとは何度かやりあった。百箇条の御定書《おさだめがき》を隈《くま》無くおぼえていやがってな、先例を持ちだしては沙汰の中身を変えろと意見してくる。しかも、こうと決めたら梃子《てこ》でも動かねえ。上の連中にしてみりゃ、鬱陶しいったらありゃしねえだろう」

遠山は早口でまくしたて、手酌の酒をひと息に呷る。

そして、ほっと息を吐き、落ちついて喋りはじめた。

「岩盤みてえに頑固なやつだが、今どきの幕臣にゃめずらしく忠義を絵に描いたような男さ。そう言えば、おめえさんと同じで、まわりの連中に鬼と呼ばれていたっけ。ひょっとしたら、同じ鬼の誼《よしみ》で助けてほしいなんぞと抜かす気じゃあんめえな」

「当たらずとも遠からずにござります」

「おいおい、情に絆《ほだ》されたのか。冷静沈着が売りのおめえらしくもねえじゃねえか。厄介事にゃいっさい関わらねえのが、鬼役の信条なんだろう」

蔵人介は膝を寄せて酌をし、樽屋の妾殺しについて目付筋の見解とはあきらかに異なる真相を語った。

遠山は黙然と聞いていたが、仕舞いに大きな溜息を吐いた。

「めえったな。おめえのはなしだと、殺しの元凶は目付の矢田部信造ってことになる。佐平とかいう名主に証言されりゃ、確かに矢田部の首は獲れるかもしれねえ。でもよ、そいつを裁いたおれはどうなる。矢田部は目端の利く野郎でな、鳥居にはすこぶる気に入られているんだぜ。鳥居耀蔵の子飼いってことは、水野さまの子飼いでもあるってことだ。矢田部信造を破滅させたら、おれはその日から針の筵に座らせられることになるだろうぜ」

「それが恐くて、できぬと仰る」

「睨むなよ」

遠山は低く唸り、三白眼《さんぱくがん》に睨みかえす。

「おれの手なんぞ借りずに、自分で始末すりゃいいじゃねえか。矢田部は奸臣なんだろう。奸臣を秘かに裁くのは、おめえの役目だろうが」

斬ろうとおもえば、できないことではない。

「要は、覚悟を決めるかどうかだ。それとも、誰かさんに密命を下されねえかぎり、動けねえのか。橘右近さまは、もういねえしな」

蔵人介は、すっと背筋を伸ばす。

「橘さまなら、密命は下されぬでしょう。地位の上下に関わりなく、吟味筋の仕置きは公平を期さねばならぬ。そのことを終始徹底させるためには、矢田部信造を公の場で裁き、笹毛さまの正しさを証明してみせねばなりませぬ。それが筋を通すということにござる」

隠然とした迫力を感じたのか、遠山は空唾を呑みこんだ。

「ふん、そうきたか。でもな、どっちにしろ、謹慎しているやつの言うことなんざ聞けねえぜ」

「ならば、謹慎が解けたあかつきには、笹毛さまに会っていただけるものと考えてよろしゅうござりますか」

「へへ、どうやったら謹慎が解けるんだ。でえち、そんなことになったら、命を下された水野さまが赤っ恥を掻くんだぜ」

「じつは、姉小路さまからお口添えをお願いいたしました」

「おいおい、まことかよ。桜田御用屋敷の女主人に頼んだのか。ありゃ魔性のおなごだぜ。めえったな、そうなると謹慎が解けることもありってことか」

独《ひと》り言《ご》ちる遠山に向かって、蔵人介は釘を刺す。

「遠山さまの公平なお裁きを、かならずや上様も見守っておられます。お志を貫きとおすか、それとも上に媚《こ》びるか、それこそが忠臣と奸臣の分かれ目かと」

「くそったれめ、鬼役なんぞに言われたかねえや。ふん、謹慎が解けたら、もうひとりの鬼にゃ会ってやる。会ってからどうするか決めさせてもらうぜ」

「何卒《なにとぞ》よしなにお願い申しあげます」

蔵人介は両手を横に広げ、大袈裟な仕種で平伏《ひれふ》す。

「ちっ、厄介事ばっかしだぜ。手下もひとり、殺られちまったしな」

半月ほどまえ、古銅吹所廻りの与力が首の骨を折られて死んだという。

蔵人介は眸子を細めた。

「その下手人、大海常右衛門にござります」

「何だって」

「佐平によれば、大海は手下どもに命じて橋の欄干や擬宝珠を盗ませておりました。町奉行所の与力に疑いを持たれたゆえ、秘かに消したのでござる」

「ふうむ、そういうことか」

遠山は腕組みをし、思案投げ首で考えこむ。

「欄干や擬宝珠を潰して溶かせば、天保銭の原料になる。天保銭の鋳造は銭座《ぜにざ》ではなしに、どうしたわけか金座の役目だ。つまり、金座の後藤三右衛門が牛耳っていやがる。おれはな、信頼できる内与力を古銅吹所廻りに仕立て、後藤を探らせていたんだ。後藤のもとには銅だけじゃなく、贅沢品もごっそり集まってくる。町娘の

ている。

市井の連中に贅沢を禁じておきながら、集めた贅沢品を潰して金銀銅貨を濫造し
簪はな、溶かせば金にも銀にもなるんだぜ」

「まあ、そいつは幕府の方針てえやつだから、後藤を責めても仕方ねえ。ただし、正規の道筋じゃ集まらねえ贅沢品がごっそり隠してあるとしたらどうする。しかも、そいつを後藤が買いまくっているとしたら。後藤の目途はたぶん、お上に届け出る必要のねえ貨幣の鋳造だ。短けえあいだに膨大な財を築けたのは、貨幣鋳造の手間賃以外にも儲ける方法があるからさ」

そこに目をつけた遠山は、確乎《かっこ》とした不正の証拠を摑むべく、手下の内与力に探らせていた。その内与力を大海が殺めたとすれば、喜ぶのは後藤にほかならない。大海常右衛門が後藤に自分を売りこもうとしていたとするなら、内与力を殺める明解な理由があったことになる。

「佐平に白洲で証言させれば、役人殺しもあきらかになりましょう。されど、大海は容易に捕縛できる相手ではありません」

「おめえが殺ってくれりゃ、手間は省けるわな」

諾《だく》とも否とも返答せず、蔵人介は静かに微笑んだ。

「恐えんだよ、その笑い顔が。ところで、金座と言えば、気になることがあってな」

「気になること」

「辻斬りさ」

昨夜、金座のそばで職人がひとり斬られた。

このところ三日にひとりは犠牲者が出ており、いずれも金座に関わる者たちなのだという。

「金物を集めるよなげ屋、そいつとつるんで横流しをやっていた岡っ引き、土地の偽沽券《こけん》状をちらつかせて後藤を脅していた地廻り、そして、小判を尻に挟んで盗もうとした吹き職人、そういった金座に関わる者たちがことごとく一刀で胸を斬られて死んだ。いずれも、誰かがみていてな、たぶん、下手人は同じ野郎さ」

厭な予感がはたらいた。

「もしや、その下手人、面をつけておりませなんだか」

「そのとおりだ。暗闇に薄気味悪い面が浮かんでいた。何と言ったかな、ほれ、生き霊役のシテが付ける面だよ」

「痩せ男にござる」

「おう、それだ。でも、何でおめえが知っていやがる」

蔵人介は問いにこたえず、渋い顔で盃をかたむけた。

お囃子の音色は、いまだ遠くに聞こえている。

化け物どものたぐいが徘徊《はいかい》する前祝いでもあるかのように、更けゆく夜の静寂を際立たせていた。

九

翌晩、公人朝夕人の伝右衛門が大海常右衛門に繋がる端緒《たんしょ》を摑んできた。

江戸市中にそれとなく網を張っていたところ、永代橋の擬宝珠を盗もうとしている不届きな連中をみつけたのだ。

柿色装束の連中は荷船を仕立て、大川の川岸に沿って南へ向かった。築地《つきじ》の近くを通りすぎ、たどりついたさきは築地川の河口であった。

桜の盛りも過ぎた浜御殿の対面には、尾張藩の広大な拝領地がある。

荷船が横付けされたのは、拝領地の北寄りに築かれた栈橋だった。

栈橋の奥には尾張藩の蔵屋敷が何棟か建っており、ほとんどは商人たちに貸しだされている。咎める役人も見当たらぬなか、怪しげな連中は蔵屋敷のひとつに盗んだ品々を運びこみ、ふたたび荷船で何処かへ消えていった。

伝右衛門が蔵屋敷に忍びこんでみると、擬宝珠や欄干や釣り鐘などが山積みにされていたという。大海常右衛門の指図で盗品がせっせと集められ、何処かの鍛冶場へ運ばれていくのだろう。蔵屋敷が悪党どもの巣窟《そうくつ》となっているのはまちがいなかった。

蔵人介は遠山に場所を教え、北町奉行所の手柄にさせようと考えた。が、そのまえに大海を誘いだし、決着をつけねばならない。

卯三郎と策を練っているところへ、串部が慌てた様子でやってきた。

「殿、樽屋の藤吉が首を縊《くく》りましたぞ」

「ん、まことか」

「樽屋は通夜もできず、屋敷の周囲は死んだように静まっておりますが、奉公人のなかには追いこまれて自死をはかったと囁く者もおりました」

罪状の軽減を願っていた樽屋藤左衛門が実子を追いこんだとはおもえない。藤吉が死ねば妾殺しの真相はうやむやになり、それで得をするのは目付の矢田部信造ということになる。

矢田部が裏で手をまわしたのであろうか。

「本人に聞いてみますか」

串部は不敵な笑みを浮かべた。

矢田部は今、とある材木商の招きで永代寺門前の料理茶屋にいるはずだという。

「参ろう」

蔵人介は腰をあげた。

矢田部に脅しを掛ければ、大海を誘いだすこともできよう。

「お待ちを。言い忘れるところでしたが、宴席の主役は矢田部ではありませぬ。誰あろう、妖怪と呼ばれておる南町奉行にござります」

「鳥居甲斐守か」

「それでも、足を運ばれますか」

蔵人介は座りかけ、おもいなおしたように留まる。

「参ろう。妖怪もおったほうが、かえって好都合かもしれぬ」

「さすが、殿。危ない橋を渡るのがお好きでござりますな」

「余計なことを言うな」

「はっ」

「おぬしは、遠山さまのもとへ行け。隠し蔵の在処《ありか》を教えてやり、大海の手下どもを一網打尽にするようお願いしろ」

「はあ」

「不満か」

「ええ、矢田部の狼狽えた顔を拝みとうござりましたが、致し方ありませぬ」

串部は渋い顔をしながらも去り、蔵人介は卯三郎を連れて家を出た。

永代寺門前までの道程は遠く、永代橋を渡るころには脹《ふく》ら脛《はぎ》に軽い痛みをおぼえた。

堀川に架かる木橋をいくつか渡り、一の鳥居をくぐれば花街へと行きつく。水野忠邦の唱える「改革」とやらの影響で、あれほど賑わっていた門前町界隈もすっかり物寂しくなったが、金満家の接待に使われる料理茶屋の灯りが消えることはない。なかでも一番大きな『尾花《おばな》』の離室《はなれ》からは、賑やかな嬌声が漏れていた。

主賓は鳥居耀蔵だという。贅沢は敵だと言わんばかりに、庶民から歌舞伎や落語や装いの楽しみすらも奪う。「改革」の急先鋒にほかならぬ水野忠邦の提灯持ちが『尾花』で接待を受け、辰巳芸者を左右に侍らせて遊興に耽っているのだとすれば、それだけでも重罰を与えてしかるべきではないか。

少なくとも、卯三郎の顔には抑えきれぬ怒りがあらわれていた。

一方、蔵人介の表情はいつもと変わらない。

権力を手にした者は驕《おご》り高ぶり、何をしても自分だけは許されると勘違いする。鳥居もけっして例外ではあるまいと、最初《はな》からわかっていた。それゆえ、怒りすらも感じなかった。

いずれはこの世から消えてもらうつもりだが、すぐにそうせぬのは橘右近に説かれたことばが脳裏を過《よ》ぎるからだ。

——いかなる悪党でも、明確な理由がないかぎり斬ってはならぬ。大義なくして斬れば、それはただの人斬りにすぎぬ。

橘のことばを肝に銘じぬかぎり、奸臣成敗の役目を果たすことはできまい。

ふたりは月光を避けて影となり、裏木戸のほうから茶屋の庭へ忍びこんだ。

離室に通じる庭の片隅には厠があり、尿意を催した者は下駄を履いて石灯籠の脇を横切らねばならない。

ふたりは石灯籠の陰に潜み、じっと待ちつづけた。

最初に鳥居があらわれ、長い小便を弾いてから部屋へ戻った。

しばらくして障子がまた開き、矢田部が四角い下駄のような顔を差しだす。

太い眉が下駄の鼻緒にみえた。眸子《まなこ》はぎょろ目で、小鼻は横に広い。くすんだ色の唇は腫れぼったく、光沢のある着物を纏ったからだは、歩くのもしんどそうなほどに肥えていた。

廊下から爪先を下ろし、どうにか庭下駄を突っかける。

歩きだしたところへ、卯三郎が影のように迫った。

「うっ」

矢田部は当て身を喰らい、あっさり気を失う。

倒れる寸前で抱え、卯三郎が重そうに引きずってきた。

石灯籠にもたせかけ、猿轡を強めにかませる。

蔵人介は前触れもなく、どんと胸に拳を当てた。

「……ぬぐっ」

矢田部は覚醒し、瞠った眸子をぎょろつかせる。

こちらの顔は、暗すぎてはっきりみえまい。

立ちあがろうとするや、卯三郎が白刃を抜いた。

脇から切っ先を突きだし、刃を鼻の下に当てる。

「動くな、鼻を削《そ》ぐぞ」

蔵人介が囁くと、矢田部は声にならない悲鳴をあげた。

「樽屋の藤吉を死に追いやったのは、おぬしか」

矢田部は必死に首を横に振る。その拍子に鼻の薄皮が切れ、血が零れた。

「嘘を吐けば、鼻が落ちるぞ。今一度聞く、おぬしが藤吉を死に追いやったのか」

首を縦に振って項垂《うなだ》れる矢田部の髷《まげ》を摑み、強引に引きあげる。

「妾殺しも、おぬしの仕組んだことらしいな。こちらには証人がおるゆえ、言い逃れはできぬ。何なら、今から宴席に乗りこみ、おぬしの悪事を鳥居に言上《ごんじょう》してもよい」

それだけは勘弁してほしいと、矢田部は涙目で懇願する。

どっちにしろ助かる道はないのだが、蔵人介はわざと取引を持ちかけた。

「黙っててやってもよい。五百両で手を打とう。夜が明けるまえに、金を携えてこい。おぬしでなくとも、従者でよい。ただし、ひとりだ。場所は市ヶ谷の尾張藩御上屋敷、表御門のまえで待っておるぞ」

卯三郎が白刃を下ろすと、矢田部は何度もうなずいた。

手を貸して立たせてやっても、すぐには歩きだそうとしない。

「どうした、戻ってよいぞ。ただし、廊下にあがるまで振りむくなよ」

矢田部は蹌踉《よろ》めくように歩き、苦労しながらも廊下までたどりついた。
どうやら、小便は引っこんでしまったらしい。
廊下にあがり、恐る恐る振りむく。
自分で猿轡を外し、石灯籠をみつめた。
すでに、蔵人介と卯三郎は木戸口まで離れている。
矢田部は胸を反らし、掠れた声で叫びあげた。
「……く、くせものでござる。誰か、誰か」
離室はにわかに騒がしくなった。
だが、矢田部信造は脅しを忘れまい。
かならずや、子飼いの大海常右衛門を刺客として送りこんでくる。
「それがしもお連れください」
無論、卯三郎も雌雄を決する闘いに立ちあわせるつもりだ。
蔵人介は表通りを避けて辻裏へ抜け、花街の闇へすがたを消した。

十

市ヶ谷御門を渡ると、正面に市ヶ谷八幡がある。

境内に吊された時の鐘は、七つ半（午前五時）を報せていた。

明け六つ（午前六時）までは半刻《はんとき》（約一時間）、土手の周辺はまだ薄暗い。

下城の際は右手に折れ、浄瑠璃坂へ向かう。

今日は土手を背に抱え、左手のほうへ進んだ。

右手前方の高台には、尾張藩上屋敷の擁壁が聳《そび》えている。

石積みのうえに塀が築かれているのだが、高さは七丈（約二一メートル）近くにおよび、文字どおり断崖と言うしかなかった。

東御殿の望楼からは、外濠を見下ろすことができるのだろう。

一度くらいは上ってみたいものだと詮無いことを考え、蔵人介は表御門の近くまで足を運んでいく。

「あらわれるのでしょうか」

後ろの卯三郎が心配げに尋ねてくる。

蔵人介の勝ちを疑ってはいないが、大海の強さを身に沁みてわかっているだけに一抹の不安は拭えぬようだ。

向かうさきには、比丘尼坂の暗闇がつづいていた。

左手に広がる御先手組《おさきてぐみ》の屋敷地は寝静まっており、火の用心を報せる拍子木の音すらも聞こえてこない。

串部によれば、小籔半兵衛はいまだ生死の狭間を彷徨《さまよ》っているという。

生きることへの執着が強いのだろう。本人が恥辱《ちじょく》とおもう出来事を消すには、来し方の亡霊である大海常右衛門を葬ってやらねばならない。

半兵衛のためにもやらねばならぬと、蔵人介は覚悟を決めていた。

無論、容易ならざる相手だ。尾張柳生は新陰流の本流、免許皆伝を与えられる武芸者は数えるほどしかいない。

しかも、大海は秀でた体術の持ち主であり、鉄の錫杖や斬馬刀をも軽々と操る。

それでも、蔵人介には満々たる自信があった。

「養父上、あれを」

ちらちらと風花のごとく舞うのは、尾張藩邸の桜であろうか。

今ごろ、浜御殿のそばにある蔵屋敷は大勢の捕り方に囲まれていることだろう。

塗りの陣笠をかぶった遠山は自慢の鹿毛《かげ》にまたがり、嬉々として掛け声を発しているにちがいない。

——抗う者は討ち取ってもよい。ひとり残らず逃がすでないぞ。

捕り方の喊声《かんせい》が、ここまで聞こえてくるようであった。

東涯に目をやれば、次第に暗さが薄らいでいくかのようだ。

「卯三郎、満開の桜もこれが見納めになろうな」

「はっ」

「ここを選んだ理由がわかるか」

「いいえ」

「名古屋城の御土居下を想起させるからさ」

「なるほど」

二年前の初秋、京へ向かう途中で尾張に立ち寄った。城中で謀反《むほん》が勃《お》こり、蔵人介と卯三郎も騒動に巻きこまれた。そのとき、蔵人介は尾張藩主の斉荘《なりたか》公を守ったのである。

卯三郎は上屋敷の絶壁をみつめ、名古屋城の御土居下をおもいだしたようだった。

「あやつの死に場所としては、これほどふさわしいところもあるまい」

ふいに、蔵人介は口を閉じる。

「来た」

卯三郎は吐きすて、身を乗りだそうとした。

比丘尼坂の向こうから、大きな人影が近づいてくる。

かつて御土居下の同心たちを率いた大海常右衛門にまちがいない。

僧形ではなく柿色装束に身を固め、寿老人のごとき風貌も晒していた。

手に錫杖は提《さ》げておらず、五百両箱らしきものも抱えていない。

腰帯に短い直刀を差しているだけだ。

背に斬馬刀を隠しているかどうかはわからない。

いずれにしろ、新陰流の極意をもって、尋常に立ちあうつもりなのであろう。

「のぞむところ」

蔵人介は久方ぶりに武者震いを禁じ得なくなった。

武芸者本来の闘争本能を呼びさまされたのだ。

大海は十間（約一八メートル）の間合いまで近づき、ぴたりと足を止める。そして、左手の高みに目をやった。

「ふっ、御土居下か」

「さよう、石積みはなされておるが、形状は御土居下を想起させる」

「わかったような口をきくのう。物心ついたときから、わしらは御土居下に閉じこめられておった。閉じこめられていた者が外の華やかさを知れば、逃げだしたくなるのは必定《ひつじょう》。忠義なんぞは糞におもえてくる」

「だから、飛びだしたか、おぬしも半兵衛も。されど、後悔はあろう。侍として生まれた以上、忠義を捨てることはできまい」

「おぬしはどうなのだ。毎日毎夜、死ぬまで毒味を繰りかえすのか。それがおぬしの忠義か」

「来る日も来る日も同じことを繰りかえす。それこそが忠義だ。市井に禍をもたらす不忠者には引導を渡さねばならぬ」

「さようなことのために、矢田部信造を脅したのか。そして、わしの手下どもを追いつめたのか」

「さよう。すべては、おぬしを葬らんがために仕組んだこと」

「わからぬ。おぬし、幕臣随一の剣客だそうだな。ほかにいくらでも進む道はあろう。二百俵取りの鬼役に甘んじ、何故、忠義とやらのために命を粗末にする。おぬしが望むのならば、金儲けの道筋を教えてやってもよいぞ」

「御免蒙《こうむ》る」

「ほう。ならば、死ね」

大海はとんと土を蹴り、二間余りも跳躍した。

「ぬえい……っ」

中空で背に手をやり、三日月状の白刃を投げつけてくる。

——ひゅん。

旋回しながら頭上を襲ったのは、斬馬刀であった。

身を沈めて避けた瞬間、直刀が鼻先に伸びてくる。

「そいっ」

寸暇の差で躱し、腰の鳴狐を抜いた。

——しゅっ。

大海は宙返りで避け、五間近くまで離れる。

斬馬刀は卯三郎の背後に立つ黒松に刺さっていた。

「ふふ、噂どおりの手練よ。わしと互角に渡りあうとはな」

大海は直刀を持ちあげ、右八相の雷刀《らいとう》に構える。

一方、蔵人介は鳴狐の切っ先をだらりと下げた。

「刀を鞘に納めぬのか。得手とするのは抜刀術であろう」

「納める必要はない」

「その構え。もしや、無形《むぎょう》の位《くらい》か」

大海の指摘どおり、蔵人介は新陰流の位を取った。

新陰流の「陰」とは、自分自身のことだ。対峙する相手は「陽」であり、はじめから「陰」は「陽」の内に潜む。相手の動きに応じて、転がる鞠《まり》のように変化しながら、勝機を窺う。この理合《りあい》を流祖の上泉伊勢守《かみいずみいせのかみ》は「転《まろばし》」と呼んだ。伝書に曰《いわ》く「あたかも風をみて帆を使い、兎をみて鷹を放つがごとし」と喩えられる動きだ。攻めと受けは表裏一体、相手を充分に動かし、鷹が獲物を狩るように勝ちを得る。これを「活人剣」という。

「笑止な」

大海は吐きすて、するすると浮足で迫ってきた。

鋭く踏みこみ、雷刀からの一撃で左拳を狙ってくる。

蔵人介は横雷刀で外し、山陰から振りおろす勢いで双手《もろて》斬りを狙う。

同流の「大詰め」と呼ぶ奥義だ。

大海ははっとしながらも巧みに躱し、物打《ものうち》を鍔元《つばもと》に打ちつけてきた。

これを撥ねつけるや、今度は浅い引きつけから上段斬りを繰りだす。
「うっ」
受けると同時に、声が漏れた。
底知れず重い一撃だ。
十文字に受けた瞬間、がくっと片膝が折れる。
と同時に、大海の身がわずかに流れた。
「ねいっ」
すかさず突きに転じるや、大海はふわりと離れてしまう。
見事だ。
蔵人介は胸の裡に漏らす。
外すときは羽毛のごとく、打ちこむときは巌《いわお》のごとし。
さすが、新陰流の手練だけあって、緩急自在な動きから絶妙な技を浴びせてくる。
「矢背蔵人介、なかなかのものよ」
大海に呼吸の乱れはない。
蔵人介は肩で息をしている。
相手を油断させるためだった。

自信が過信になれば死を招く。それは剣理でなく人の心理、心の微妙な動きをとらえるのも勝機をつかむ秘訣なのだ。

蔵人介は数々の修羅場を潜ってきた。生死の懸かる真剣勝負というものを熟知している。最初から、きれいに勝とうなどとはおもっていない。むしろ、会心の一撃を繰りだそうとしているのは、大海のほうだ。流派を究めた者の意地と過信が、ほんのり桜色に上気した表情からもみてとれる。

背後に控える卯三郎は、今や一歩も動けない。緊張しすぎて、全身にびっしょり汗を掻いていた。

気づいてみれば、東涯は白みかけている。

「遊びは仕舞いじゃ」

大海は吼えあげ、直刀を上段に構えた。

「よし」

蔵人介は静かに気合いを発し、鳴狐を相手と同じ上段に構える。

上段と上段、生死の間境を越えるや、ともに一歩長で斬りさげるのだ。

相手より少し遅れて斬りおろしながら、鎬《しのぎ》でわずかに撥ねつけ、相手の太刀筋から身を外しつつ、脳天から爪先まで人中路《じんちゅうろ》をまっすぐに斬りおろす。いわば、相手の繰りだす太刀筋に乗って活路を見出す。それこそが勝ちを得る要諦《ようてい》であり、この「合撃《がっし》」にこそ新陰流のあらゆる技は収斂《しゅうれん》される。

実力の拮抗《きっこう》する者同士ならば、相討ちを覚悟しなければならない。

すでに、蔵人介の境地は明鏡《めいきょう》止水《しすい》、勝ちたいと願う気持ちは微塵もなかった。

相手の心を読む必要もない。ただ、太刀の奔《はし》る音を聞き、無心の一撃を繰りだすのみだ。

「まいる」

双方は同時に、浮足でするすると迫った。

生死の間境を軽々と越え、一歩長でたがいに上段から斬りさげる。

蔵人介のほうが、わずかに速い。

常道からすれば、負けを意味する。

一瞬、大海は会心の笑みを浮かべた。

が、つぎの瞬間、口をへの字に曲げる。

蔵人介の左手が、ふいに視野から消えたのだ。

蔵人介の「合撃」は片手打ちの一撃になった。

大海は身についた手練の技で、鎬をわずかに撥ねる。

刹那、鳴狐は蔵人介の右手を離れ、絶壁の高みへと吸いこまれていった。
「あぐっ……」
大海の胸には、深々と別の白刃が差しこまれている。
蔵人介が左手で抜いた「鬼包丁」にほかならない。
ずぼっと刃を抜くや、夥《おびただ》しい血が噴きだしてきた。
「……む、無念」
大海は俯《うつぶ》せに倒れてもなお、這いつくばって前に進もうとした。
そして、震える右手を持ちあげ、半笑いの顔で力尽きる。
からだの向かうさきには、表御門が厳然と聳えていた。
「御土居下に還《かえ》りたかったのかもしれませぬな」
卯三郎のつぶやきは小さすぎて、蔵人介には聞こえていない。
東涯は白々と明け初め、曙光の筋に眸子を射られた。
風もないのに、桜の花弁は散りつづけている。
蔵人介は鳴狐を拾い、鞘に納めた。
そろりと門番が出てくる頃合いであろう。
物言わぬ屍骸を門前に残し、蔵人介と卯三郎は比丘尼坂を下っていった。

十一

二十一日は弘法《こうぼう》大師の命日、永代寺の山開きはこの日から来月十五日まで催される。

牡丹で知られる庭園も開放されるので、朝から参道は大勢の見物客で溢れていた。

矢背家の面々も陽気につられて遊山に訪れたが、蔵人介はあまりの人いきれに辟《へき》易《えき》となり、志乃や幸恵と離れてひとりで参道をあとにした。

門前の見世を素見《ひやか》しながら横道に逸れ、喧噪《けんそう》から少し離れたところで一休みする。

大海常右衛門を成敗したあと、事態は好転しはじめた。

笹毛忠八郎は謹慎を解かれる運びとなり、病弱な義母ともども抱きあって喜んだという。

しかも、笹毛の復帰を待たずして、目付の矢田部信造が水野忠邦から謹慎の沙汰を下された。川普請のことで材木問屋から多額の賄賂を受けとったとの疑いが浮上したからだ。

調べてみると、秘かに告げ口した者があった。

樽屋藤左衛門である。

実子を失った口惜しさが、そうさせたのかもしれない。

町年寄の願いは無視できず、水野も断を下さねばならなかった。

鳥居は寛大な処置を願いでたが、水野は頑《がん》として受けつけなかった。

矢田部の行状を日頃から片腹痛しと感じていたにちがいない。いずれにせよ、御用商人から賄賂を受けとる重臣など両手に余るほどおり、水野や鳥居とて例外とはならない。蜥蜴《とかげ》の尻尾切りであった感も拭えぬものの、千代田城から奸臣がひとり排除されたことにはかわりなかった。

これで、遠山の裁きも容易になろう。

早晩、妾殺しの真相は白洲で暴かれるにちがいない。

笹毛が復帰を遂げたあかつきには、ふたりで美味い酒が呑めるかもしれぬと大いに期待した。

吉報と言えば、半兵衛が命を取りとめた。

大海の死を知り、一筋の涙を零したという。

「右腕一本で済んだなら、ありがたいはなしよ」

里にはそう告げたらしい。

如心尼は本人にたいし、快復したら以前よりもいっそう身を粉《こ》にして尽くすように命じた。

辻向こうからは、さつま芋売りの暢気な売り声が聞こえてくる。

「ほっこり、ほっこり」

あれほど咲き誇っていた墨堤《ぼくてい》や浜御殿の桜は葉桜となり、鉄炮洲《てっぽうず》や品川沖では鱚《きす》や鰈《かれい》の便りも聞かれるようになった。

向両国の回向院《えこういん》では、晴天十日の勧進《かんじん》相撲もはじまる。

何と言っても注目すべきは、齢《よわい》四十の不知火諾右衛門《しらぬいだくえもん》であろう。肥後《ひご》国宇土《うと》郡轟《とどろき》村の出身、肥後藩細川《ほそかわ》家お抱えの関取だ。第八代横綱であったにもかかわらず、昨年は全休してしまい、関脇に降格した。横綱が下位の番付に陥落した例はなく、相撲好きは誰もが前代未聞の復活劇を願っている。

対抗馬となるのは、大関の岩見潟丈右衛門《いわみがたじょうえもん》であろう。陸奥《むつ》国本吉《もとよし》郡の出身で盛《もり》岡《おか》藩南部《なんぶ》家のお抱え、闘志を剥きだしにする怪力の関取だ。実力は岩見潟だが、人気と経験では不知火に一日《いちじつ》の長がある。

「楽しみだな」

笹毛を誘って相撲でも観にいこうか。

そんなことを考えていると、空がにわかに曇ってきた。

「ほっこり、ほっこり」

さつま芋売りの売り声が、やけにはっきり聞こえている。

人気《ひとけ》のない辻裏に風が吹きぬけ、尋常ならざる殺気が忍びこんできた。

「くふふ、そこにおったか」

疳高《かんだか》い声に振りむけば、痩せ男が影のように佇んでいる。

蔵人介は身構えた。

「御土居下の化け物を葬ってやったのう。まあ、おぬしが勝つとおもうておったが、少しは案じておったぞ。あっさり死なれたら困るからのう」

面のような顔なのか、それとも、面なのか。

少なくとも、唇が動いているようにはみえない。

「おぬしは能面居士か」

吾助に言われた魔物の名を口にする。

「ひゃはは」

痩せ男は仰け反って笑った。

「人を啖う比良の魔物。なるほど、当たっているやもしれぬ」

「何故、矢背家の者の命をつけ狙う」

「養母に聞け。八瀬のおなごなれば、いずれ思いだすであろう」

「やはり、八瀬の地に因縁があるということか」

「ふん、さような臆測をしておる暇はないぞ。ほれ」

痩せ男は勢いをつけ、手に提げた丸い桶を抛《ほう》ってみせる。

桶は弧を描いて蔵人介の足許に落ち、落ちた拍子に蓋が外れた。

大きな藻のような鞠《まり》が転がりでてくる。

「うっ」

人の生首であった。

「……ぬおっ」

蔵人介の口から、ことばにならぬ呻《うめ》きが漏れる。

何とそれは、笹毛忠八郎の生首にほかならなかった。

「そやつはやがて、われらの障壁となる。それゆえ、早いうちに芽を摘んでおいた。くく、せっかく助けてやったに、無駄骨であったなあ」

手足が怒りで震えた。

叫びたくとも、声が出てこない。

「そやつは目の弱い義母を連れて、牡丹見物にきおった。今ごろ、義母は雑踏のなかで迷子になっておろう。くふふ、苦しむがよい。おぬしの苦しむすがたをみるのが、何よりの楽しみだ。されば」

瘦せ男は、ふっと消えた。

さつま芋売りの売り声も遠ざかっていく。

金縛りから脱けだし、蔵人介はがっくり膝をついた。

笹毛の首を桶に戻し、桶を抱えてふらつくように歩きだす。

山門を潜れば、参道は立錐の余地もないほどの人で埋め尽くされている。

このなかから、笹毛忠八郎の義母を捜すことなどできるのだろうか。

何をさておいても義母を救いだし、笹毛の死を告げねばなるまい。

だが、どうやって告げたらよいものか、蔵人介にはわからない。

人々の笑い顔が虚しいものに映り、笑い声も聞こえなくなる。

このような終わり方があってよいはずはない。

戸惑いが怒りや憎しみに勝り、冷酷な牙を研ごうにも今は気力すら湧いてこない。

蔵人介は途方に暮れたまま、雑踏のまんなかに立ち尽くすしかなかった。

破獄《はごく》の罠《わな》

一

城内では衣替えも終わり、家々の戸口には魔除《まよ》けの柊《ひいらぎ》や鰯に代わって卯《う》の花が飾られた。大名地に近い馬場からは鉄炮稽古始めの筒音が轟き、外様《とざま》大名の上屋敷は何処も参勤交代の仕度で大わらわとなっている。

濠端で不如帰《ほととぎす》の鳴き声を聞き、散策先の寺社境内で滴《したた》るような青葉をみれば、長らく待ちかねていた陽気を肌で感じることはできるものの、笹毛忠八郎の死から立ちなおるのは容易でない。ひとの生き死には儚《はかな》いものだが、笹毛の死はあまりに理不尽で、しかも唐突にもたらされた。

あれは悪夢であったと、蔵人介はおもうようにしている。

痩せ男はこの世に実在せず、おのれが脳裏に描いた幻影にすぎない。

そうとでもおもわねば、鬱々とした気持ちから逃れられそうになかった。

義弟で徒目付の綾辻市之進《いちのしん》が訪ねてきたのは、正午過ぎのことであった。

父や妻子を連れて成田山《なりたさん》に詣でてきたらしく、家内安全の札を土産代わりに携えてきた。

「ついでに、こちらも」

差しだされたのは、魔除けに効験《こうげん》がある角《つの》大師の護符だ。

「妙なものを。貧乏旗本の古家に押し入る賊などおるまい」

「まんがいちということもございます」

意味ありげに発し、市之進は押し黙る。

「どうした、何か言いたげだな」

「じつは、懸念すべきことが」

「何だ、遠慮せずに申してみよ」

「はあ」

市之進が身を乗りだしたところへ、幸恵の声が聞こえてきた。

「お邪魔いたします」

襖がすっと開き、酒肴《しゅこう》の膳が運ばれてくる。

市之進は月代《さかやき》を指で掻いた。

「姉上、お気遣いなきよう」

「気遣いなどしておりませぬよ。俎《まないた》河岸の家に戻ったら、どうせあなたはここに来たことを詳しくおはなしになるのでしょう。御膳所からお裾分けしてもらった下り酒を嗜《たしな》んだことや、初茄子の浅漬けを食べたことなどをおはなしになれば、父上もさぞかしお喜びになりましょう」

「あっ、なるほど」

姉が斑《まだら》惚《ぼ》けの父を気遣っているのだと知り、市之進は納得顔になる。

「苞《つと》の茄子も用意しておきますからね」

幸恵はそう言い残し、部屋から出ていった。

「まあ、一献」

蔵人介は銚釐《ちろり》をかたむけ、市之進の盃に注いでやる。

いつもやる気だけが先走ってきた義弟も、近頃は周囲への目配りができるようになった。上で重石《おもし》のようにふんぞり返っていた鳥居耀蔵が筆頭目付から南町奉行に転進したことも功を奏しているらしく、新たな上役との関わりを大過なく築こうとしている慎重さも窺えた。

そうした義弟にたいして、蔵人介は「小狡《こずる》くなるなよ」と釘を刺すのを忘れない。裏の役目を秘かに手伝わせてもいるので、甘い顔をするわけにはいかなかった。

「さきほどのおはなし、じつは姉上にも少し関わりがございまして。月崎兵衛《つきざきひょうえ》という名にお聞きおぼえは」

「書院番《しょいんばん》与力の月崎兵衛なら、十年以上まえの御前試合で立ちあったことがある」

「唯一、義兄上《あにうえ》が不覚を取った相手にござる。お忘れになるはずがありませんよね」

甲源一刀《こうげんいっとう》流の立ち姿に見惚れ、見惚れている隙を衝かれて胴を抜かれた。三本勝負の二本を連取して頂点に立ったが、真剣ならば敗れていたにちがいない。

月崎と幸恵との関わりは、もっと古いという。幸恵が十六、七のころ、上役から月崎家との縁談が持ちこまれた。書院番は花形の役目なので、幕臣の粗《あら》を探す徒目付との縁談は稀にもない。不思議におもって聞いてみると、兵衛は吃音《きつおん》のせいで良縁に恵まれず、父親が嫁探しに奔走していたとのことだった。

周囲にもそれとなく尋ねてみると、兵衛は誰よりも剣の修行に励み、人品骨柄《じんぴんこつがら》も申し分がないとわかった。綾辻家では幸恵を嫁がせるつもりでいたが、こちらには与《あずか》りしらぬ理由で縁談は流れてしまった。

「古いはなしゆえ、姉上はお忘れかもしれません」

「その月崎兵衛がどうしたというのだ」

「三月前、証人奉行の臼井玄蕃《うすいげんば》さまを斬って傷を負わせ、お沙汰が下るまでのあいだ、小伝馬町《こてんまちょう》の揚がり座敷に押しこめられておりました。ところがでござります、十日前の火事騒ぎをおぼえておいででしょうか、牢屋敷の咎人《とがにん》たちが一斉に解きはなちになりましたよね」

「ふむ」

日本橋の材木町《ざいもくちょう》に火の手があがったのは、夕暮れのことだった。火元は日本橋の煙草《たばこ》河岸に近い杉ノ森《すぎのもり》稲荷の社殿裏、南風に煽《あお》られた炎は堀留《ほりどめ》二丁目の界隈を焼きつくした。本町《ほんちょう》大路を越えればそのさきは小伝馬町の牢屋敷なので、慣例どおりに罪人たちは解きはなちにされたのだ。

「その際、囚獄《しゅうごく》の石出帯刀《いしでたてわき》さまより、咎人は三日後の暮れ六つまでに戻るようにとのお達しがあったにもかかわらず、ひとりだけ戻らぬ者がおりました」

戻らなければ破獄とみなされ、つぎに捕まったときは首を刎《は》ねられる。常ならば例外なく咎人は戻ってくるはずなのに、鎮火ののちに定刻を過ぎても、ひとりだけ戻ってこなかった。

「それが月崎兵衛であったと」

「はい」

逃げた咎人の追捕《ついぶ》は町奉行所の役目だ。月番は南町奉行所なので鳥居耀蔵による陣頭指揮のもと、与力同心が血眼《ちまなこ》になって捜しているものの、いまだ手懸かりすら摑めぬありさまだという。

「逃げたのは幕臣ゆえに徒目付もすべて動員せよと、鳥居さまがお怒りになり、われわれにお鉢がまわってきたという次第で」

「なるほど」

蔵人介は角大師の護符をみつめ、冷めた酒をくっと呷る。

城内では見掛けたこともなかったので、瞼の裏に甦る月崎兵衛は若さに溢れた凜々《りり》しい風貌の幕臣だった。

「あの月崎どのが……」

それほどの不幸に見舞われていたとは信じがたい。

「……それにしても、何故、破獄などしたのか。いや、そもそも、何故、証人奉行を斬ったのであろう」

証人奉行とは留守居役《るすいやく》のことで、女手形を発行する役目を担うためにそう通称されていた。

「臼井さまと申せば、西ノ丸の御留守居か」

「いかにも。あまり評判のよろしくないお方だとか」

女癖が悪く、すんなり女手形を発行してくれない。手形がなければ伊勢《いせ》参りにも行けぬため、武家のおなごたちは困っているとの噂もあった。

「月崎どのにお内儀は」

「蓮《れん》さまというお内儀がおられました。されど、刃傷沙汰の少しまえに出奔されたそうで。証人奉行と抜き差しならぬ仲になり、それを月崎さまに知られて出奔せざるを得なくなった。恨みにおもった月崎さまが刀を抜いたのではないかと、さように臆測する輩もおります」

下城の折りに桜田御門外で斬りつけられた臼井玄蕃は、自身が伯耆《ほうき》流居合の達人であることも幸いし、肩口に浅傷を負っただけで助かった。月崎はいったん逃げたが、放心した体で八丁堀《はっちょうぼり》の大番屋へおもむき、みずから縛《ばく》についたという。

「潔く罪を認めた者が、何故、破獄せねばならぬのだ」

「わかりませぬ。この世によほどの未練があったとしか」

月崎のまっすぐな性分ならば、縛につくまえに腹を切ってもおかしくないところであった。そうしなかった理由も判然としない。

「下谷《したや》三筋町《みすじまち》の組屋敷はじめ、立ち寄りそうなさきには、二六時中、見張りが張りついております。四宿《ししゅく》の構えも万全ゆえ、蟻一匹外へ逃れる隙はござりますまい。いまだ、江戸市中の何処かで息を潜めているものとおもわれます。切羽詰まって、むかしの伝手《つて》を頼ろうとするやもしれませぬ。それゆえ、こうして義兄上のもとへ足を運んだのでござります」

「ご苦労なはなしだが、まんがいちにも訪ねてくることはあるまいよ」

遠いむかしに御前試合で蔵人介から一本取った。あるいは、幸恵とのあいだに縁談があったなどという薄い縁に縋《すが》るとはおもえない。

市之進は姉から預かった茄子を抱え、俎河岸へ戻っていった。

それきり、月崎兵衛のことは忘れていたが、数日後、蔵人介は浄瑠璃坂の道端で物乞いのような風体の侍を救うこととなった。

二

道端に俯《うつぶ》した侍は、月崎兵衛にまちがいなかった。

「野垂れ死んでおるのか」

串部がこぼすとおり、月崎はじっと動かない。

見る影もなく痩せこけ、月代も髭も伸びきったままになっている。垢じみた着物は蠅でも集《たか》りかねないほど臭く、腰には両刀を差していない。草履すら履いておらず、裸足で逃げまわっていたらしかった。

「月崎どの、わしだ、わかるか、矢背蔵人介だ」

耳許で何度も繰りかえすと、月崎は瞼をわずかに開いた。

串部が身を寄せ、竹筒から水を飲ませようとする。

上手くいかずに水が零れたので、蔵人介は促した。

「口移しで飲ませてやれ」

「げえっ」

「人助けだ。知らぬ相手ではない」

「それがしは知りませんけどね」

串部が嫌々ながらも口移しで水を飲ませてやると、月崎の濁った眸子ににじわりと涙が溢れてくる。

「……や、や、矢背どの……か、か、かたじけない」

吃音のことをおもいだしたが、市之進に聞いていなければ気にも留めなかったであろう。

「もしや、わしを頼ってきたのか」

蔵人介の問いかけに、月崎はこっくりうなずく。

近しい者たちのところには捕り方が網を張っている。

誰か頼れそうな相手はおらぬものかと考えたあげく、十年以上もまえの記憶が甦ったらしかった。

蔵人介は月崎を助けおこし、串部の肩に負ぶわせてやった。

「うえっ、臭っ」

悲鳴をあげる串部の尻を押し、三人で急坂を上っていく。

夕暮れの逢魔刻《おうまがとき》ゆえか、こちらに注目する幕臣もいない。

ともかく家へ連れていき、熱い粥を啜らせ、据え風呂にでも浸《つ》からせてやろう。

言うまでもなく、破獄の罪人を助ければ厳罰を免れないことなど知っていたが、剣友と呼んでも差しつかえない月崎を放っておけるはずもなかった。

冠木門を潜って帰宅を告げると、家の連中は厭な顔ひとつせず、薄汚い侍を迎えいれてくれた。

「おせきはお粥を作りなさい。吾助はお風呂を焚いて」

志乃みずから差配役となり、ほかの連中をてきぱきと動かす。

幸恵も駆けより、月崎の汚れた着物を脱がしてやる手伝いをやりはじめた。

詳しい事情を聞かずとも、うらぶれた風体をみれば放ってはおけぬと考える。

そんな志乃や幸恵にたいして、蔵人介は胸の裡で感謝のことばを繰りかえした。

月崎は玉子粥を啜り、据え風呂にも浸かった。ついでに月代と髭を剃ると、ようやく生気を取りもどした。

「……お、お、御礼の……し、しようも……ご、ござりませぬ」

礼のことばを喉から絞りだし、畳に両手をついて額まで擦りつける。

蔵人介は叱りつけるように言った。

「礼など言う必要はない。困っている者があれば助ける。相身互《あいみ》いではないか。ましてや、おぬしとは浅からぬ因縁もある。御前試合でそれがしの胴を抜いた見事な手筋、昨日のことのようにおぼえておる」

「……や、矢背どの」

「破獄をやらかしたそうだな。徒目付の義弟に聞いたぞ」

「……か、徒目付の」

「案ずるな。義弟に報せる気はない。それにしても、何故、牢から逃げたのだ」

「……や、やはり……お、おはなしせねばなりますまい」

月崎は襟を正し、証人奉行を斬って揚がり座敷入りとなり、破獄にいたった経緯を語りはじめた。

そもそものはじまりは、三年前に同じ書院番士の家から歳の離れた若妻を娶《めと》ったことにあるという。妻は蓮といい、夫を立てる気立ての優しいおなごであったが、最初に嫁いだ家から子を産めぬという理由で三行半《みくだりはん》をつきつけられていた。

それでも、月崎は老いた両親を何とか安堵させたい一心から、三顧《さんこ》の礼をもって妻に迎えたい旨を申し入れた。そして、念願叶って蓮を月崎家に迎えいれ、つつがなく幸せな日々を過ごしていたのだという。

「……め、夫婦《めおと》とは……よ、よいものでござる」

蓮は朗らかな性分が両親にも好かれ、やがて、ふたりは朋輩《ほうばい》たちからも羨ましがられるほどの仲睦《むつ》まじい夫婦となった。夫婦仲がよいと幸運もめぐってくるもので、組頭から直々に忠勤ぶりを褒められることなどもあった。

ただし、身分の高い相手から吃音を詰《なじ》られるのは日常茶飯事だった。なかでも「剣ができたところで、まともに喋れぬようでは出世などおぼつかぬぞ」と面罵《めんば》してきたのが、西ノ丸留守居の臼井玄蕃であったという。

二年前の御前試合で臼井の子息と申し合いをやり、月崎が勝ちをおさめた。そのことをいつまでも根に持ち、登城や下城の折りなどに見掛けるや、かならず呼びとめて面罵する。その行為が目に余るものだったので、偶《たま》さか行きあった老中のひとりが臼井を叱りつけた。その一件がまた恨みを増幅させたのかもしれぬと、月崎は臆測を交えて語った。

いくつかの出来事が重なり、凶事は勃こった。蓮があるとき、月崎の両親を連れて伊勢参りに行きたいと言いだした。願ってもないはなしだったので、月崎に反対する理由はなく、蓮は母と自分の通行手形を貰いに所定の役所に向かった。そのとき、手続きのためにすがたをみせたのが、臼井にほかならなかった。

偶然なのか、あらかじめ察知していたのか、今となってはわからぬものの、臼井は蓮が月崎の内儀だと知り、さんざん意地悪をしたあげく、さしたる理由もなく手形の発行を拒んだ。

蓮にも意地がある。どうしても老いた両親を連れて伊勢参りを成し遂げたいという一心から、臼井のもとへ日参するようになった。何度か通いつづけるうちに、臼井が月崎の吃音を詰っていたことを知り、手形を発行しない理由もそこにあるのだとわかった。

夫の月崎を悲しませたくないので、蓮は臼井とのやりとりを相談できなかった。

一方、どうして手形を発行してくれぬのだろうと、両親も心配を募らせはじめる。

蓮はすべてを自分で抱えこみ、追いつめられていった。

そしてあるとき、臼井の巧みな誘いに乗ってしまったのだ。

「……お、おのれの身を差しだせば……お、女手形をくれてやる」

「臼井がそう言ったのか」

「……は、はい」

蓮はいかがわしい出合茶屋から家に戻って我に返り、とんでもないまちがいを犯したと悟った。そして、すべての経緯を書面にして残し、ぷっつりとすがたを消してしまった。

臼井を恨んだ月崎は、命を取るべく待ちぶせをはかった。

ところが、うまくいかなかった。

心に動揺があったからだと、月崎は冷静に振りかえる。

「……そ、その場で……は、腹を切ろうと……お、おもいました」

しかし、できなかった。

蓮との約束があったからだ。

夫婦になるとき、いかなることがあろうとも自刃だけはせぬと約束させられた。

蓮は幼いころから「いざとなれば、侍は腹を切って潔く果てればよい」という実父の口癖を聞いて育ち、いつか理不尽な理由で父を失うのではないかと脅えて過ごした。「あなたさまを失いたくないのです。お約束ください」と迫られ、月崎は言い知れぬ感動をおぼえながら諾したのだという。

「蓮どのとの約束を守り、縛についたのか」

「……な、情けない……は、はなしにござる」

「何を申す」

まことは、腹を切りたかったにちがいない。

断腸のおもいで生き恥を晒すことにした月崎の決断を、蔵人介は心の底から褒めてやりたくなった。

老いた両親の嘆きをおもえば生きているのも辛く、月崎は獄中にあって一刻も早く斬首されたいと願った。唯一の希望は、蓮が何処かで生きていてくれると信じることだったという。

そうしたおり、見知らぬ巡視の徒目付から文を秘かに渡された。

——ご妻女は板橋《いたばし》の苦界《くがい》へ

文には、そう綴られていた。

綴った者の素姓はわからない。ただ、蓮を苦界から救いだしたいという一念が、日増しに募っていった。

「ふうむ」

蔵人介は腕組みをしながら唸る。

月崎のおもいが頂点に達する頃合いを見計らったように、杉ノ森稲荷から火の手があがった。囚獄の判断で咎人たちは一斉解きはなちとなり、月崎だけが破獄の道を選んだのである。

火事が偶然に勃こったのかどうか、検証すべきかもしれない。

かりに、月崎と関わっているのであれば、文を秘かに渡していった徒目付の正体を見極める必要もあろう。

今は何よりも、哀れな男の願いを叶えてやらねばなるまい。

すでに、月崎は板橋宿へ何度か向かい、足を棒にして蓮の行方を捜しまわっていた。

だが、市之進も言っていたとおり、四宿の監視は厳しく、主立った旅籠《はたご》には月崎の人相書きまで貼られているらしかった。捕縛される危うさに脅えながら捜しても、容易にみつかるものではない。

当面は月崎を家から出さず、蔵人介はみずから腰をあげることに決めた。

「……れ、蓮の顔を……ひ、ひと目みれば」

それだけで願いは叶うのだと、月崎は涙ながらに訴える。

願いを叶えたらもう一度、臼井玄蕃を討ちにいくつもりだとも言った。

ひょっとしたら、それこそが得体の知れぬ連中の狙いなのではないか。

ふと、蔵人介はそんなふうに勘ぐった。

三

板橋宿は日本橋から二里（約八キロ）、中山道《なかせんどう》をひたすら下っていく。

巣鴨《すがも》を過ぎてからは左右に泥田の広がる風景がしばらくつづき、滝野川《たきのがわ》村を過ぎたあたりで宿場の喧噪が近づいてきた。板橋宿は南から平尾《ひらお》宿、仲《なか》宿、そして石神井《じい》川を渡ったさきの上《かみ》宿からなり、平尾宿から仲宿にいたる街道の右手は加賀前田家の広大な拝領地で占められている。

宿場は年中賑わっていたが、今日は釈迦《しやか》誕生の灌仏会《かんぶつえ》ということもあって人の出がとくに多い。閻魔像や相生杉《あいおいすぎ》で知られる乗蓮寺《じようれんじ》の山門などは、参詣客が列をなすほどの賑わいをみせていた。

山門や参道は夥しい卯の花で飾られている。本堂の中央には牡丹や芍薬《しやくやく》や藤《ふじ》などで豪華な花御堂《はなみどう》が築かれ、小手桶を握った幼子たちが住職に甘茶《あまちや》を貰って喜んでいた。甘茶で目を洗う老婆もいれば、仏前に供えてあった餅を頰張る罰当たりな若い衆も見受けられる。

穏やかな晴天のもと、従者の串部は当世流行の川柳を口ずさんだ。

「耳に沓《くつ》　口には烏帽子《えぼし》　目に甘茶」

沓は不如帰《ほととぎす》、烏帽子は鰹《かつお》を指し、いずれも卯月《うづき》と関わりの深い初物を並べているだけのことだが、語呂のよい取りあわせだとはおもう。

蔵人介と串部は参道の端から本堂に手を合わせ、山門の外へと戻った。

留女《とめおんな》に誘われるがまま、門前にでんと構えた『海老屋《えびや》』という旅籠で草鞋《わらじ》を脱ぐことにする。

「おふたりさま、ご到着」

番頭の声に応じ、足洗女がふたりやってきた。

蔵人介と串部は並んで上がり端に座り、女たちの面相をそれとなく窺う。

糸のような細い目に胡座《あぐら》を掻いた鼻、への字に曲がった大きな口に垢抜けぬ浅黒い肌の色、月崎に教わった蓮とは似ても似つかぬ女たちだが、聞けば岡場所のことは教えてくれるだろう。

串部が問いかけた。

「おぬしら、宿場で夜遊びのできるさきを知らぬか」

女たちは顔を見合わせ、くすくす笑ってみせる。

途端に色目を使い、足を揉む手もいやらしくなった。

「お侍さま、あたしらでよろしければ、お安くしときますよ」

「おいおい、飯盛女《めしもり》に用はないのだ。望んでおるのは大尽遊《だいじん》びのできるおなごでな、たとえば、目元は涼しげで鼻筋はすっと通り、おちょぼ口の右下に疣《いぼ》のような黒子《ほくろ》がある……」

と、串部はさりげなく、蓮の特徴を並べたてる。
「……ついでに申せば、零落《れいらく》した武家出身のおなごであればなおよいが、さような
おなごが板橋宿におろうかのう」
女たちは不機嫌になり、足裏の経穴《つぼ》をぐりぐり押してくる。
「ひっ、痛っ」
串部が悲鳴をあげた。
蔵人介は平然とした顔で懐中を探り、小粒を一枚ずつ手渡してやる。
途端に女たちは機嫌を直し、足を丁寧に洗いはじめた。
しかも、宿場で一番値の張る遊女屋の屋号をこっそり漏らす。
敷居の向こうには、いがぐり頭に鉢巻きを締めた願人《がんにん》坊主が立っていた。
「とうきたり、とうきたり、お釈迦さま、お釈迦さま」
素肌のうえに黒い半法衣を纏い、手にぶらさげた桶からは花御堂《はなみどう》で飾った安価な
釈迦像が覗いている。番頭が小銭を渡すと、願人坊主は手桶とともに居なくなった。
願人坊主が眺めていた壁には、月崎兵衛の人相書きが貼ってある。
日が暮れるのを待って、足洗女に教わった遊女屋へ足を向けた。
何のことはない、乗蓮寺門前の一角にある淫靡《いんび》な界隈だ。

遊女屋は『若那《わかな》』といい、花魁《おいらん》風の遊女を揃えている。遊び代もひとり二分《ぶ》ほどが相場らしく、深川門前仲町《もんぜんなかちょう》の茶屋で遊ぶのと変わらず、安価な飯盛女の多い宿場では異彩を放っていた。

それだけに期待もしたが、遊女のなかに蓮はいなかった。

ただ、痕跡らしきものはみつかった。

部屋に呼んだ遊女が教えてくれたのだ。

「ひと月ほどまえに何処からか流れてきた女がいてね、源氏名は加賀路《かがじ》ってんだけど、武家出身の縹緻《きりよう》好しだってんで、すぐさま人気に火が付いた。ところが、七日も経たぬうちに足抜けしちまってね、見世の連中が血眼になって捜しまわったら、三日ほどしてみつかったのさ。妙な女でね、みつけたときは、旅籠という旅籠に貼られていた人相書きを剝がしまくっていたそうだよ」

おそらく、人相書きは月崎のものだろう。

蓮にまちがいないと、蔵人介は確信した。

「旦那の仰るとおり、口の端に大きな黒子があったっけ。きっと、この商売に向いていなかったんだろうね」

加賀路は折檻《せっかん》されたあげく、右手の小指を包丁で切断された。

その小指を油で揚げ、抱え主の五右衛門《ごえもん》が食べてしまったのだという。常連客の面前でおこなわれた座興だったが、喜んだ者はひとりもいなかった。

それきり、加賀路の人気はがた落ちとなり、吹きだまりのような四六《しろく》見世に移されたあと、いつのまにか、みなから忘れ去られたらしい。

「生きているのか死んでいるのかもわからない。捜しても無駄だとおもうよ。ふん、そんなはなしはいくらでもある。足抜けの女郎がひとり、この世の生き地獄に堕《お》ちただけのこと。いちいち同情していたら、きりがないさね」

蔵人介は女に一分金を握らせ、遊女屋をあとにした。

串部の戻りを待たず、四六見世のほうに足を運んでみる。

吹きだまりというだけあって薄暗く、溝《どぶ》からは饐《す》えた臭いが立ちのぼっていた。

道端で座り小便をする女が濡れた手を差しのべ、遊んでいかぬかと誘ってくる。

よくみれば、付け鼻の女だった。瘡《かさ》で鼻を失ったのだろう。

加賀路のことを尋ねても首を横に振るだけで、そんな女は知らぬと言う。

うらぶれた四六見世をまわって何人かに尋ねてみたが、知っていそうな遊女はいなかった。

「どうせ、あたしらは溝に嵌まって死ぬんだよ」

仕舞いには捨て台詞を吐かれ、獣のように前歯を剝かれてしまう。

仕方なく四六見世をあとにし、重い足取りで旅籠に帰りついた。

串部は明け方になっても帰らず、蔵人介は一睡もせずに朝を迎えた。

朝風呂に浸かって怒りを鎮めていると、串部が充血した眸子で部屋に戻っている。

手ぶらではない。かたわらには、後ろ手に縛られて猿轡までかまされた男が座っていた。

「殿、遅くなりました。こやつ、三代治《みよじ》と申す女衒《ぜげん》にござる」

「女衒」

「蓮どのらしきおなごを五右衛門に売ったと白状いたしました」

「ふむ、それで」

「何故、蓮どのが身を売らねばならなかったのか、その理由を探らねばならぬとおもいまして」

「わかったのか」

「はい、あらかたは」

串部が猿轡を外すと、女衒の三代治は苦しげに息を吐いた。

「……て、てめえら、こんなことをしてどうなるかわかってんのか。五右衛門さんが知ったら、ただじゃおかねえぞ。あのひとの後ろ盾にゃ、宿場役人の旦那方もついていなさるんだ。へっぽこ侍のひとりやふたり、簀巻《すま》きにして石神井川《しゃくじい》に投じることなんざ朝飯前だかんな」

ぼこっと串部が頭を撲ると、三代治は目に涙を浮かべて黙った。

「余計なことは喋るな。加賀路を誰から買ったか、そいつの名を殿にお教えしろ」

「……お、奥坂牛次郎《おくさかぎゅうじろう》さまにござんす」

「侍か」

蔵人介の問いには、串部が憎々しげに応じた。

「鍵役《かぎやく》の牢屋同心にござりますよ」

「何だと」

揚がり座敷入りになった侍がいると、家に残された妻女のもとに近づいて「旦那を助けてやる」と嘘を吐き、金を奪うか身売りをさせて小金を稼いでいるという。

蓮も同様の手口で騙されたにちがいなかった。

蔵人介の尺度では、とうてい許すことのできぬ卑劣漢にほかならない。

「こちとら商売なんでね、どんな事情があろうとも、買ってくれと言われたら買うしかありやせん。旦那方、お願えしやす。あっしが喋ったってことは、奥坂の旦那にゃ黙っててくだせえ。何しろ、おっかねえおひとだからね、下手を打ったら、ずんばらりんと一刀のもとにされちめえやす」

聞くべきことは聞いたので縄を解いてやると、三代治は鼠のように部屋から逃げていった。

「よろしいのですか、あやつを放っておいて」

「よかろうさ」

三代治は五右衛門のもとへ駆けこみ、これこれしかじかと経緯を喋るであろう。五右衛門は顔を潰されまいと、後ろ盾の連中といっしょに旅籠へ雪崩れこんでくるかもしれなかった。

そうなればなったで、宿場の芥《ごみ》掃除でもしてやればよい。芥がなくなれば、蓮もみつけやすくなるだろうと、蔵人介は考えた。

荒っぽい方法だが、やるときは徹底してやらねばなるまい。

「ぬふふ、久方ぶりに腕が鳴りますぞ」

うそぶく串部は力んだ途端、くうっと腹の虫を鳴らす。

「とりあえずは、腹ごしらえにござる」

ちょうど、朝飯の膳が運ばれてきた。

菜《さい》は目刺《めざ》しに塩昆布に納豆、これに豆腐の味噌汁がついている。

簡素な膳だが、炊きたての白飯はいくらでもあった。

串部は目の色を変え、飯櫃《めしびつ》ごと平らげるほどの勢いで食べつづける。

蔵人介は静かに白飯を咀嚼しながら、不幸な夫婦の運命をおもわずにはいられなかった。

四

五右衛門は悪知恵のまわる男のようで、大挙して闇雲に雪崩れこむのではなく、人相の悪い手下をひとり使いに寄こした。

手下にしたがって旅人の行き交う往来を通りすぎ、石神井川に架かる板橋を渡る。

木賃宿のめだつ上宿も越えて棒鼻《ぼうはな》を抜け、なだらかな岩《いわ》ノ坂《さか》の上りに差しかかった。

「坂下に立つ縁切榎《えんきりえのき》に因《ちな》んで、縁切坂とも称するそうですぞ」

串部が楽しげに喋りかけてくる。

道の左右から雑木の枝が覆いかぶさり、陽光はほぼ遮られていた。

薄気味悪いので「いやの坂」が訛って「いわの坂」となったらしい。

手下は長い坂を上りきり、しばらく街道を進んで左手の細道に折れた。

泥田や蓮沼がつづき、忽然《こつぜん》と雑木林があらわれる。

たどりついたのは、鎮守《ちんじゅ》のような稲荷社であった。

手下が脱兎のごとく駆けだすと、木々の陰から破落戸《ごろつき》どもが湧いてでてきた。

「小生意気なさんぴんってな、てめえらか」

狐像の裏から、派手な扮装《いでたち》の男があらわれる。

大泥棒の五右衛門を気取っているのか、長太い鬢《びん》に椿《つばき》油を塗ってわざと反りかえらせていた。

「おれが五右衛門だ。板橋宿の闇を仕切る元締めさあ」

後ろには女衒の三代治が隠れている。

かたわらに佇む小太りの侍は宿場役人であろうか。

「こちらは泣く子も黙る松沢角太夫《まつざわかくだゆう》さまだ。御勘定奉行から直々に宿場の差配を任されておられる。盾突く者はお上に抗う謀反人、容赦はしねえから覚悟しな」

「ぺらぺらとよく喋る男だな」

串部が横を向き、ぺっと唾を吐く。

五右衛門はこめかみに青筋を立て、手下どもをぞろぞろ引きつれてきた。

「てめえら、いってえ何者だ」

「みてのとおり、侍だ。それ以上でも以下でもない」

串部のこたえに、五右衛門は鼻白《はなじろ》む。

「ふん、いけ好かねえが、まあいいや。てめえら、加賀路に用があるんだってな。理由《わけ》を言え。事と次第によったら、そのまま帰《け》えしてやってもいいぜ」

悪党は誰にたいしてもまず、金になる相手かどうかを嗅ぎだそうとする。金になるとおもえば態度を変えるし、ならぬと見定めれば消しにかかる。

蔵人介は駄目元で、五右衛門が蓮の居場所を知っているか否か問うてみた。

「ああ、わかっているぜ。あの女はまだ、この宿場にいる。でえち、帰えるさきのねえ女だからな。しかも、心得違えを起こして小指を失っちまった。おれが食って糞といっしょに捻りだしてやったのさ。ふへへ、いくらで買う。あの女、事情《わけ》ありなんだろう。百両ほど積んでもらえりゃ、身請けさせてやってもいいぜ」

「百両なら安いものだ」

「えっ」

「何を驚いておる。身請けさせる気があるなら、連れてきているはずであろう」

「ここにゃいねえ。金をくれたら、夕方までにゃ連れてくる。約束するぜ」

蓮の消息を知らぬのだと、蔵人介は判断した。

それさえわかれば、無駄な交渉などしている暇はない。

「串部、頼む」

蔵人介に命じられ、串部は乾いた唇を舐めた。

極端に身を沈め、土煙を巻きあげて駆けだす。

「うえっ、来やがった」

破落戸どもが群がってきた。

数だけは揃っている。三十は超えていよう。

串部は駆けながら、両刃の同田貫を抜きはなった。

「こんにゃろ」

匕首《あいくち》を突きだした男の臑を浅く斬り、鉄棒を翳す男の鼻面《はなづら》を柄頭で折る。

「ぬぎゃっ」

大袈裟な悲鳴があがると、破落戸どもは一斉に尻を向けた。

「阿呆、逃げるな。殺《や》れ、殺っちまえ」

けしかける五右衛門も逃げ腰だ。

串部の鬼気迫る勢いに気圧されている。

小太りの松沢が、ずらりと刀を抜いた。

「おお、松沢さま」

腰の据わった構えをみて、破落戸どもが足を止める。

串部は戸惑いもみせず、まっすぐに斬りつけていった。

「猪口才《ちょこざい》な」

松沢は初太刀を弾き、逆しまに水平斬りを仕掛けてくる。

「おっと」

串部は躱しつつ、相青眼に身構えた。

悪い癖だ。一気呵成《いっきかせい》に片付けねばならぬのに、少しでも使えそうな相手とみるや、手玉にとって遊ぼうとする。

「串部、退《ど》け」

蔵人介は怒鳴りつけ、裾を捲って駆けだした。

口惜しがる串部を追いこし、小太りの木っ端役人に迫っていく。

「猪口……」

叫びかけた相手の口を封じる一撃は、抜き際からの逆袈裟であった。

——びゅん。

白刃一閃、黒い髷が宙へ飛ぶ。

「ひゃっ」

松沢角太夫はざんばら髪になり、へなへなとその場にくずおれた。

「うわっ、逃げろ」

破落戸どもは境内から逃げ、畦道のほうへ向かった。

「ぬおおお」

串部が雄叫びをあげ、猪のごとく追いかける。

何人かは足を滑らせ、泥田に嵌まってしまった。

泥人形と化した連中の手や足を浅く斬り、串部はなおも追いかけていく。

畦道に倒れた三代治は、大きな足で背中を踏みつけられた。

五右衛門は必死の形相で段平《だんびら》を抜き、逃げようとする手下どもをけしかける。

「逃げるな。相手はたったふたりだぞ」

実質は串部ひとりだ。尻をみせる雑魚《ざこ》は三十人に近い。

逃げながらも留まっては振りむき、闇雲に斬りかかってくる。

そのたびに浅傷《あさで》を負わされ、絞められた鶏のように悲鳴をあげた。

手下どもは倒れるか逃げるかし、ついに五右衛門ひとりが残った。

串部は肩で息をしながらも、鋭い眼光で近づいていく。

その背後から、蔵人介が涼しい顔で迫った。

「五右衛門とやら、加賀路には一切関わらぬと約束すれば、命だけは助けてやってもよい」

「……や、約束する。勘弁してくれ」

「よし」

蔵人介に背中を押され、串部が蟇《がま》のように飛んだ。

五右衛門の面前に舞いおり、同田貫を一閃させる。

「ひぇっ」

五右衛門の顔が恐怖に引き攣《つ》った。

串部の顔が恐ろしすぎて、斬られたことにすら気づかない。

ぼそっと、段平を握る手が落ちた。

「あっ」

右手の手首からさきがない。

血が噴きだし、唐突に痛みが襲ってくる。

「ぎぇえぇ」

五右衛門は悲鳴をあげ、畦道から泥田に落ちた。

「ふん、思い知ったか」

串部は血振りを済ませ、同田貫を黒鞘に納める。

「殿、逃げた連中が宿場じゅうに噂をばらまきましょうな」

「それが狙いよ」

「なるほど、さすがにござる」

あとは仲宿の海老屋で待つしかないが、宮仕えの身だけに残された猶予は一日しかない。ただ、蓮が宿場の何処かに居てくれるのなら、たった一日でも手懸かりくらいは摑めるにちがいないと、蔵人介は期待した。

五

翌早朝、旅籠に貼られた人相書きをじっと見上げる托鉢《たくはつ》僧があった。

まさに、ほとけの導きとはこのことかもしれない。

蔵人介は直感をはたらかせ、端整な横顔に声を掛けた。

「もし、小指を失った遊女の行方をご存じか」

「いかにも」

托鉢僧はうなずいた。

朝霧が脚絆《きゃはん》に絡みついている。

雲上に浮かんでいるかのようであった。

「お連れいただけまいか」

「そのつもりでまいった」

蔵人介はひとり、托鉢僧の背にしたがった。

昨日と同じ道筋をたどり、石神井川に架かる板橋までやって来る。

「あのおなご、ここから身を投げおったのさ」

「まことでござるか」

ちょうどそのとき、托鉢僧は河原を賽《さい》の河原にみたて、野花を生けてまわっていた。流木のように流されてくる女をみつけ、着物を脱いで必死に抜き手を切り、どうにか救ったのだという。

「まだ生きねばならぬという御仏の御心にござろう。さように説諭したところ、どうにか納得してくれました。されど、心は虚《うつ》ろなまま、おのれの素姓も苦界に堕ちた経緯も語らず、生きながらに死んでいるとしかおもわれませぬ」

悲しげに俯く僧の名が「蓮也《れんや》」と知り、蔵人介は驚いてみせる。

「そのおなご、名は蓮と申すのだ」

「それこそ、御仏のお導きじゃ」

ふたりは宿場外れの棒鼻を過ぎ、岩ノ坂を上っていった。

蓮也が背中で語りかけてくる。

「泥田でずいぶん派手な立ちまわりを演じられたな。されど、おかげでおなごとの縁は繋がり申した。あとは生きる望みを与えられるかどうか。そこもとの語りかけることばひとつで、おなごの一生は定まるであろう」

「預言めいたことを言われるな。それがしは一介の幕臣にすぎぬ」

「お城勤めのお役人にしては、風変わりな相をしておられる。いや、ご無礼を。拙僧は顔相をいたすものでな」

「ほう、それがしの顔に何かみえまするか」

「鬼がみえる」

「えっ」

「顰め面で今にも泣きだしそうな鬼じゃ。ふふ、戯《ざ》れ言《ごと》でござる。お聞きながしくだされ」

蓮也にはほんとうにみえているのかもしれないと、蔵人介はおもった。

いつのまにか、岩ノ坂は遥か後方に遠ざかり、右手に小高い林がみえてくる。

蓮也は林のほうに折れ、苔生《こけむ》した石段を上りはじめた。

濃い霧の向こうにあらわれたのは、草庵の山門である。

「松吟寺《しょうぎんじ》と申す曹洞《そうとう》宗の尼寺でござる」

「尼寺」

「じつを申せば、拙僧は旅の途上で立ち寄っただけの者、本来ならば迎えてはいただけぬ定めなれど、おなごを救った縁でしばらく草鞋を脱がせてもらっております。そこもとのことは住職におはなししたゆえ、遠慮無く山門を潜られるがよろしい」

導かれるがままに山門を潜り、堂宇の入口へ向かう。

板の間を踏みしめ、閑寂とした堂宇の中央へ進んでいった。

須彌壇《しゅみだん》のなかには、ふくよかな尊顔の阿弥陀如来が黄金の光を放っている。

ここは阿弥陀堂なのだ。

ひとりのおなごが目を閉じて俯き、静かに祈りを捧げていた。

蓮也が音もなく離れていく。

そっと近づいた気配を察し、おなごは目を開いてこちらをみた。

「蓮どのか」

声を掛けると、おなごは軽くうなずいた。

窶《やつ》れてはいるものの、可憐《かれん》な面立ちをしている。

「月崎どのとは、御前試合で闘ったことがある。矢背蔵人介という名に、お聞きおぼえはござらぬか」

「存じております」

蓮は眸子を輝かせた。

「将軍家御毒味役の矢背蔵人介さま。そのお方と今一度だけ掛け値無しの勝負がしてみたいと、夫は常日頃から申しておりました」

「まことか」

「はい」

蓮は悲しげに俯き、長い睫毛を瞬《しばたた》かせる。

「されど、夫は囚《とら》われの身ゆえ、願いは叶いますまい」

「いいや、叶うかもしれぬ」

「えっ」

「月崎どのは今、わしのところにおる。おぬしは知らぬかもしれぬが、十日余りまえ、小伝馬町の咎人たちが火事騒ぎで解きはなちになった。本来なら三日後に戻らねばならぬ定めであったが、月崎どのは戻らなんだ」

「……は、破獄にござりますか」

「さよう。破獄してでも妻に会いたかったと、月崎どのは言われた。それゆえ、わしが代わりに板橋まで捜しにまいったのだ」

蓮は信じられぬといった顔で、紫色の唇を震わせた。

「……わ、わたしなんかのために」

「腹を切らずに縛についたのも、蓮どのとの約定《やくじょう》を守らんがためであった。潔く腹を切れば、どれだけ楽であったか知れぬ。それでも、生き恥を晒したおかげで、幸運がめぐってきた」

「幸運と言えるのでしょうか」

「わからぬ。ただ、月崎どのは、おぬしの顔をひと目だけみたいと申しておる。望みを叶えてやる気はないか」

蓮は黙りこみ、しばらくしてから震える声を絞りだした。

「会う資格など、ござりませぬ」

「それはちがうぞ。苦界に身を堕としたからといって、蓮どのの精神は少しも穢れておらぬ。すべては、夫のことを慮《おもんぱか》ってやったこと。おぬしが祈念する阿弥陀如来も、すべてご存じでいてくださるはず」

「されど、身に受けた傷を癒やす術はござりませぬ」

蓮は右手を恐々と持ちあげ、小指の欠けた手を晒してみせた。

蔵人介は息を呑み、これ以上のことばは掛けまいとおもった。

あとは急《せ》かさず、本人の決断を待つしかない。

「されば、こちらを」

御納戸町の自宅へ向かう道筋を紙に描き、床に置いて背を向ける。

阿弥陀堂から外へ出ると、霧はすっかり晴れていた。

庭一面には、薄紅色の石楠花《しゃくなげ》が咲いている。

「ここは、石楠花寺とも呼ばれております」

蓮也がふいにあらわれ、にこりともせずに教えてくれた。

耳を澄ませば、阿弥陀堂から啜り泣きが聞こえてくる。

「ご本尊も泣いておられましょう」

悲しげに微笑む蓮也に後顧を託すしかない。

山門を潜って急な石段を下り、左右に泥田の広がる中山道へ戻る。月崎に何と告げればよいのか、気の利いた言い訳もみつからない。足が鉛と化したように重かった。

曙光《しょこう》の届かぬ岩ノ坂を下り、板橋を渡って宿場の喧噪に紛れこむ。何故、袖を引っぱってでも、阿弥陀堂から連れださなかったのか。悔いても詮無いことであったが、そうできぬ自分が情けなかった。

六

板橋から家に戻ってみると、月崎兵衛は居なくなっていた。

代わりに深刻な顔で待っていたのは、徒目付の市之進である。

「義兄上、月崎さまのこと、どうして黙っておられたのですか」

やにわに詰めよられ、蔵人介は黙った。

幸恵によれば、月崎は目を離した隙にふらりと消えたらしい。

書置きには「ご恩は忘れませぬ」とだけ走り書きされてあった。

「これ以上の迷惑は掛けられぬと悟り、出ていかれたのでしょう」

志乃が淡々と語るかたわらで、市之進は長々と溜息を吐く。

「今朝方、月崎さまは桜田御門前で門番に誰何を受け、素姓を怪しまれて番士たちに囲まれました。大立ちまわりを演じたあげく、何処かへ行方をくらましたのですぞ」

「そうであったか」

「証人奉行の臼井さまを狙ったものとおもわれまするが、あまりに無謀と言うしかありませぬ。確実な手だてを講じねば、仕留められる相手ではありませぬからな」

「何やら、証人奉行を討たせたいように聞こえるが」

蔵人介の指摘に、市之進は咳払いをしてごまかす。

「姉上から事情をお聞きしました。正直、月崎さまには同情を禁じ得ませぬ。されど、それがしは徒目付ゆえ、破獄という重い罪を犯した幕臣を野放しにしておくわけにはまいらぬのです」

持論を滔々と述べ、市之進は涙ぐむ。

蔵人介は呆れたように睨みつけた。

「そんなことより、頼んでおいた件は調べてくれたのか」

「あっ、はい」

月崎が揚がり座敷に幽閉されていたとき、巡回の徒目付が蓮の居所をしめす走り書きを秘かに置いていった。破獄へのきっかけとなったであろう出来事だが、蔵人介は徒目付の正体を調べるよう、市之進に文で依頼しておいたのだ。

「理由も添えておられず、無理筋のご依頼にござりましたな。しかも、月崎さまを匿《かくま》っておられたとは」

「終わったことをいつまでも愚痴るな。それで、徒目付の正体はわかったのか」

「火事騒ぎの直前に牢屋敷を巡回した者の名はわかりました。内木庄左衛門《うちきしょうざえもん》にござります」

「知らぬな」

歳は四十前後、印象の薄い地味な男だが、心形刀流《しんぎょうとうりゅう》の免許皆伝らしい。

「内木どのは、町村頼母《まちむらたのも》さまの意を汲んで隠密働きをしております」

「町村さまと申せば、火盗改《かとうあらため》にも任じられたことのある御持筒頭《おもちづつがしら》か」

「いかにも。じつは、おもしろいことがわかりました」

「何だ」

「以前、町村さまは臼井玄蕃さまに縁談を申し入れたことがあったそうです」

町村家の継嗣に臼井家の息女を貰いうけたいと申しこんだところ、家格がちがうとの理由で門前払いを食ったという内容だった。

「町村家の二千二百石にたいして、臼井家は二千三百石、家格のちがいとは申せ、百石のことにござります。ほぼ同等とみて差しつかえないにもかかわらず、臼井さまはわざわざ訪ねてきた町村さまを家にあげようともしなかった。しかも、仲介者から事前にはなしは通してあったとかで。面目を失った町村さまは、門前で刀を抜こうとさえしたと聞きました」

「募る恨みがあったか」

「はい」

市之進はうなずき、みずからの臆測を交えてつづけた。

「町村さまはみずからの手を汚さず、臼井さまを葬る妙案をおもいついた。それが月崎さまを破獄させることであったのかも。確たる証拠はござりませぬが、それがしはかように考えております」

大きく外れてはおるまい。

「杉ノ森稲荷の周辺を探れば、証拠がみつかるやもしれぬ」

「なるほど、義兄上は内木庄左衛門が赤猫《あかねこ》をやったと仰るのですな」

江戸の町を焼いてでも、私怨を晴らそうとする。そして、仕える上役の命とあらば、どのように理不尽な命であっても冷徹に実行する。幕臣のなかにそうした連中がいるとはおもいたくもないが、調べてみる価値はありそうだ。

「なれば、さっそく」

市之進は一礼し、そそくさと出ていった。

「あらまあ、茄子を持たせてあげようとおもったのに」

残念がる幸恵を尻目にしつつ、蔵人介もあとを追うように家を出た。

小走りに従《つ》いてきた串部に月崎の行方を捜すように命じ、みずからは浄瑠璃坂を下って神楽坂下の桟橋へと向かう。

始末をつけておかねばならぬことがあった。

小舟を仕立てて神田川を漕ぎすすみ、右手に柳《やなぎ》森《もり》稲荷の柳原富士を眺めつつ、和泉《いずみ》橋の桟橋から陸にあがる。さらに、松枝町《まつがえちょう》を突っ切って藍染《あいぞめ》川に架かる弁慶《べんけい》橋を渡り、岩本町《いわもとちょう》を過ぎて竜閑《りゅうかん》川にいたる。

九道《くどう》橋を渡ったさきには、高さ七尺八寸（約二・四メートル）の高い練塀に囲まれた小伝馬町の牢屋敷があった。

五十間（約九〇メートル）四方の敷地は広さ約二千七百坪、町三つぶんは優にあるだろう。敷地のなかには、四百人からの囚人を収容できる牢と五十人余りの牢屋同心が住まう長屋、囚獄の石出帯刀が拠る役宅や穿鑿所《せんさくじょ》などが配置されていた。

気の荒い囚人たちと接しているせいか、牢屋同心には癖のある連中が多い。笞打《むち》ち役や打ち数を数える役、囚人の点呼などをする小頭や世話役、書役や賄役などからなり、扶持は二十俵から三十俵であったが、同心たちを束ねる鍵役だけは四十俵四人扶持を支給され、牢屋内のあらゆることを熟知する古参同心が就いた。

蓮を騙して女衒の三代治に売った奥坂牛次郎は、ふたりいる鍵役のひとりにほかならない。囚人たちからの付け届けで懐中を潤し、それだけでは足りずに悪事を積みかさねているようだった。

「引導を渡さねばなるまい」

蔵人介は九道橋を渡り、十字に交差する往来をまっすぐに進んだ。

人形町《にんぎょうちょう》や銀座へ通じる往来だが、人通りは無きに等しい。誰も近づきたがらないからだ。こちらは牢屋敷からすると艮《うしとら》の鬼門《きもん》にあたり、斬首された囚人の屍骸が運びだされる不浄門もある。

蔵人介は堀に架かった石橋を渡り、不浄門に踏みこんだ。

「お待ちくだされ」

門番に誰何されても、微塵も動じる気配はない。

「徒目付の内木庄左衛門である」

堂々と、嘘を吐いた。

「鍵役の奥坂牛次郎に所用があって参った。三代治の件だと伝えよ。死罪場で待つゆえ、急ぎ取り次ぐように」

「はっ」

門番が走り去ると、蔵人介は何食わぬ顔で門を通りすぎた。

正面は高い塀で仕切られており、左手へ向かう通路しかない。

塀の向こうには、御目見得以上の幕臣や身分の高い僧侶神官を収容する揚がり座敷と女牢が並んでいるはずだ。揚がり座敷からみて乾《いぬい》の方角には東西に分かれた大牢《たいろう》と二間牢《にけん》が長々と築かれ、拷問蔵などもある。一方、巽《たつみ》の方角には百姓牢が建っており、それらはいずれも高い塀に囲まれていた。

蔵人介は木戸を抜け、東詰めの一隅へ足を進めた。

どんよりとした空気が漂い、人っ子ひとりいない。

囚人の首を斬る死罪場であった。

様《ためし》斬りの台があり、斬首人の首を落とす「首落ち穴」も見受けられる。

背筋に寒気を感じるのは、成仏できぬ罪人たちの霊が蹲《うずくま》っているからだろう。

表門側の穿鑿所や同心長屋、南詰めに建った石出帯刀の役宅からはみえない。人の弱みにつけこむ狐を狩るには、もってこいの仕置場かもしれなかった。

黒羽織を纏った奥坂牛次郎は、穿鑿所へ通じる細道のほうからあらわれた。

顔もからだも大きく、名のとおり、牛に似ている。

かといって、鈍重《どんじゅう》そうな物腰ではなかった。

かなりの手練であろうと、蔵人介は推察する。

三代治の名を出したゆえか、警戒しながら近づいてきた。

ぺこりと、牛が頭を下げる。

「奥坂牛次郎にござります」

「ふむ、もそっと近う」

「はあ。御徒目付の内木さまと仰いましたか。ご無礼ながら、それがし、お名だけしか存じあげませぬ。いったい、何用にござりましょう」

「女衒の三代治は知っておろう」

「いいえ、いっこうに」

「ほう、しらを切るのか。揚がり座敷に繋がった旗本の妻女らを騙し、女衒に売っておるのであろう」

「何を仰いますやら」

「よいのだ。おぬしのやったことは、すべて胸に留めておく。素直に罪を認めれば、悪いようにはせぬ」

「どういうことにござりましょう」

「五十両の端金《はしたがね》で目を瞑《つむ》ってやる。どうだ、罪を認めるか」

「なるほど、そういうことでござるか」

奥坂は片頬で笑い、睨みつけてくる。

「されば、認めましょう。咎人の妻女がどうなろうと、知ったことじゃない」

蔵人介はふっと冷笑し、滑るように身を寄せる。

奥坂は仰け反り、身構えた。

「内木さま、どうなされた」

「腐れ外道め、わしは内木なんぞではない」

「ならば、何やつ」

「名乗るまでもないわ。うぬがような雑魚を斬っても、刀の錆《さび》にしかならぬ。されど、生かしておけばまた、泣かねばならぬ者も出てこよう」

「誰かは知らぬが、墓穴を掘ったな。おぬしこそ、死ぬがよい」

奥坂は腰を沈め、腰の刀を抜いた。

——ひゅん。

それよりも早く、鳴狐が唸りあげる。

断末魔の叫びもなかった。

倒れもせぬ首無し胴から、茫々《ぼうぼう》と血が噴きだしている。

腐れ同心の首は地べたを転がり、瘴気《しょうき》漂う「首落ち穴」へ落ちた。

——ごおん。

石町《こくちょう》の時の鐘が八つ刻（午後二時）を報せてくる。

蔵人介は死罪場を背にし、無表情で歩きはじめた。

「ご苦労様にござりました」

何も知らぬ門番の掛ける声も虚しい。

搔き曇った空はどす黒く、牢屋敷は夕暮れのような薄暗がりに包まれていた。

七

一

月崎兵衛の行方はわからず、尼寺に身を寄せた蓮が心変わりした様子もない。

方、卑劣にも夫婦の仲を裂いた証人奉行の臼井玄蕃は警戒を強め、自邸のある麴町《こうじまち》と城を往復する際も、警固の数を増やしたり、出立の刻限や道筋を変えるなどしていた。

「御持筒頭の町村頼母さまは、さぞや、やきもきしておられましょう」

市之進が言うとおり、町村が臼井に根深い恨みを抱いているのはわかった。

たとえば、目付から遠国《おんごく》奉行へ昇進のはなしがあったときも、盆暮れの挨拶がないという理由で臼井が横槍を入れたらしい。当時、臼井は遠国奉行から勘定奉行に昇進したばかりで、後任について口を挟める立場にあった。そのことをのちに知った町村は激怒し、城内で見掛けたら斬りつけてやると周囲に息巻いていたという。

「そのはなしが真実《まこと》だとすれば、月崎さまを破獄させて命を狙わせたとしても不思議ではありません」

市之進は証拠らしきものを摑んできた。

火事のあった日の夕刻、杉ノ森稲荷の神官が徒目付の内木庄左衛門を見掛けていたのだ。神官は石出帯刀の要請で祝詞《のりと》をとなえるべく、頻繁に牢屋敷を訪れていた。それゆえ、監視役の内木とも面識はあった。何やらいつもと様子がちがうと感じたが、忙しさに紛れて声を掛けそびれたのだという。その直後、火の手があがったのである。

「怪しゅうござる」

だからといって、火付けをやった証拠にはならない。

そこで、市之進は蔵人介とはからい、内木に罠を仕掛けた。

神官の名で「先刻の火事についてお聞きしたいことがある」という文をしたため、内木を杉ノ森稲荷へ呼びだすことにしたのだ。


境内から北を見下ろすと、焼け野原と化した堀留町の一角をのぞむことができる。

さきほどまでは、復興の槌音《つちおと》が響いていた。

大路を三つ隔てたさきが、牢屋敷にほかならない。

風向きが一定だったせいか、火元の南にある稲荷社は半分だけ焼け残った。

神官がしきりに「申し訳ない、申し訳ない」と繰りかえす気持ちもわからぬではなかった。逃げおくれて亡くなった老人や幼子もあったし、焼けだされて路頭に迷う者たちも出ているのだ。

ただ、大火事だけは免れた。一番の理由は風が弱かったせいであろう。町火消の到着も迅速だったし、長屋を毀《こわ》す鳶《とび》たちの動きも神憑《かみがか》っていた。おかげで牢屋敷も延焼を免れ、付け火をやった者にすれば、月崎ひとりを逃すという目途を見事に果たしてみせたことになる。

「もちろん、意図したわけではございますまい。まかりまちがえば、江戸じゅうが火の海になっていたやもしれぬのです。それでも一線を越えたのはなぜなのか。火付けをやった者の気持ちが、それがしにはまったく理解できませぬ」

「世間の間尺《ましやく》で考えてもわかるまい。命じた者も実行した者もひとではない。ひとの皮をかぶった鬼畜なのさ」

蔵人介と市之進は焼け野原を睨み、暮れ六つの鐘の音に耳をかたむけた。

――ごおん。

約束の刻限だ。

内木が付け火の下手人ならば、かならずや、神官の口を封じに来るはずだ。

もちろん、神官はここにいない。

代わりに、市之進が烏帽子をかぶり、白い帷子《かたびら》を纏っていた。

「よう似合っておるぞ」

「おやめくだされ、義兄上」

軽口を叩いていると、長細い人影がひとつあらわれた。

石段を上り、朱の剝げた鳥居を潜り、大股で近づいてくる。

提灯を手にしておらぬものの、内木であることに疑いはない。

やはり、付け火をやったのだ。

参道の脇に佇む石灯籠の炎が揺れた。

白い帷子をひるがえし、市之進も近づいていく。

蔵人介も影のようにつづいた。

薄暗がりゆえ、ふたりの面相はわかるまい。

内木は足を止め、身に殺気を漲《みなぎ》らせた。

「ほう、神官め、用心棒でも雇ったのか」

「さよう、まだ死にたくはないからな」

「ふふ、死なねばならぬ理由でもあるのか」

「それを知りたいがために、わざわざ足を運んだのであろう」

内木は警戒しながら、こちらをじっと睨みつける。

「おぬし、神官ではないな」

「やっとわかったか。されば聞こう。何故、赤猫をやったのだ」

「上の命に報いるためよ」

「上とは、町村頼母のことか」

「ああ、そうだ」

内木があっさり認めると、市之進は憎々しげに喋りつづけた。

「江戸の町を焼いてでも、おぬしらは月崎兵衛を破獄させたかった。それほど、臼井玄蕃を葬りたいのか」

「ふん、何でもお見通しのようだな。おぬし、何者だ。町奉行所の隠密廻りにはみえぬし、火盗改の配下ともおもえぬが」

市之進は烏帽子を取り、帷子を脱ぎ捨てた。

「この顔にみおぼえは」

「ん、綾辻市之進か」

「さよう」

内木はわずかに動揺し、すぐに顔を引きしめる。

「うぬら、誰の命で動いておる」

「誰の命でもないわ。ただ、月崎さまを助けたいがためさ」

「読めたぞ。月崎は、うぬらを頼ったのだな。あやつは今、何処におる」

「さあな。それこそ、おぬしらの思惑どおり、今ごろは臼井玄蕃の寝首を掻こうと狙っておろうさ」

「臼井玄蕃は居合の達人でな、さすがのわしでも手に余る。されど、月崎兵衛が死ぬ気で掛かれば勝てるにちがいない。それゆえ、町村さまに言上したのさ。月崎を破獄させるが肝要とな」

「そのために付け火を。卑劣な手だてを考えついたのは、おぬしであったか」

「ああ、そうだ。わしは町村さまの知恵袋でな、この件が片付けば、用人頭に取りたてていただく。徒目付なんぞより、そっちのほうが甘い汁を吸えるからな。くふふ、うぬらのことを頼んでやってもよいぞ。飼い犬を二匹雇いませぬかとな」

「御免蒙る」

「わかっておるわ。冥土《めいど》の土産に、すべて正直に喋ったまでよ」

「おぬし、勝つ気でいるのか」

呆れてみせる市之進にたいし、内木は首をかしげた。

「あたりまえだ。わしは心形刀流の免許皆伝ぞ。うぬらのごとき雑魚なんぞ、目を瞑ってでも斬れるわ」

「雑魚か。ふふ、おぬしはとんでもない勘違いをしておる」

「何っ」

「用心棒を紹介しよう。義兄の矢背蔵人介だ」

内木は目を剝いた。

「げっ、鬼役か」

「幕臣ならば、矢背蔵人介の力量を知らぬはずがあるまい」

「くそっ」

歯軋りする内木の面前へ、蔵人介はずいっと進みでる。

「……ま、待ってくれ」

狼狽える内木に向かって、静かに問うた。

「何を待つ。地獄の沙汰でも待つつもりか」

蔵人介はわざと隙をみせ、こきっと首を鳴らす。

「ぬおっ」

内木が刀を抜いた。

抜いた途端に、顔を顰める。

腹に鋭い痛みを感じたからだ。

蔵人介のほうが、一瞬早く抜いていた。

水平斬りの一撃が、深々と腹を剔《えぐ》ったのだ。

鳴狐はすでに、棟区《むねまち》まで鞘に納まっている。

――ちん。

鍔鳴りが響いた。

「ぶひぇえぇ」

断末魔の悲鳴とともに、夥しい鮮血が四散する。

ぐらりと、屍骸《むくろ》が前のめりに傾いた。

ふたたび、鳴狐が刃音を唸らす。

――びゅん。

内木の首が飛び、市之進の足許へ転がった。

「あとは頼んだ」

蔵人介は血振りを済ませ、すたすた遠ざかっていく。

一方、市之進は生首の髷を摑み、渋い顔で側溝へ向かった。

黙々と首を洗い、あらかじめ用意しておいた首桶に納める。

飼い主である町村頼母の屋敷は本郷《ほんごう》なので、今から急いで向かえば夕餉に間に合うかもしれない。

ひとの命を絶っても心が動じぬのは、役目だとおもっているからだ。

誰に命じられたわけでもないが、卑劣な奸臣に引導を渡してやった。

これも徒目付の役目、忠義の尽くし方なのだと、市之進は胸に繰りかえす。

「なあむさあまんだあ、もとなん、おはらあちい、ことしゃあ……」

神社に身を置いているというのに、釈迦が菩薩に災厄除去を願う「消災咒《しょうさいじゅ》」の一節が口を衝いて出た。火事で亡くなった者たちへのせめてもの供養になればと、石段を下りながら唱えつづける。

やがて、涙が止まらなくなった。

やはりこの役目、自分にとっては重すぎるのかもしれない。

一抹の迷いを振りきるべく、市之進は大声で「消災咒」を唱えつづけた。

八

翌日、凶行の急報が中奥にもたらされたのは、笹之間で昼餉の毒味御用をつとめているときであった。

「乱心《らんしん》にござります、御持筒頭の乱心にござります」

廊下を小走りに駆けながら触れまわるのは、お城坊主であろう。

小役人たちは部屋から顔をみせ、好奇心丸出しで噂をしはじめる。

「御持筒頭の町村頼母さまが中之間に躍りこみ、鬼の形相で脇差を振りまわしたそうですぞ」

相番の逸見鍋五郎が、興奮冷めやらぬ顔で喋りかけてきた。

他人の不幸を楽しげに語るのが、人の性《さが》というものかもしれない。

中之間は留守居や小普請奉行の殿中席で、奥右筆部屋と桔梗之間に挟まれている。表向と中奥を仕切る土圭之間にも近いため、耳を澄ませば町村の怒号が聞こえてくるようであった。

無論、斬りつけられたのは、西ノ丸留守居の臼井玄蕃である。

だが、ふたりの根深い確執を知る者は周囲にいない。町村が乱心し、誰彼かまわず斬りつけたと、難を逃れた重臣たちは口を揃えて証言した。

「顚末《てんまつ》をお知りになりたいか。何と、西ノ丸御留守居の臼井玄蕃さまが扇で応戦し、町村さまの眉間を閉じた扇で瓜のごとくぱっかり割ってみせたそうです。たまさか居合わせた御老中の水野越前守さまが一部始終をご覧になり、臼井さまの見事な手並みをお褒めになったとか」

つくね顔の逸見は、もはや、辻講釈師と化している。

扇で眉間を割ったのだとしたら、おそらく、それは鉄扇《てつせん》だったのであろう。

「町村さまは馳せ参じた番士たちに取り押さえられ、廊下を引きずられて何処かへ。項垂れた顔に生気はなく、死人のようであったとも。いずれにせよ、切腹の沙汰が下るは必定かと存じまする」

市之進の「届け物」が誘発した凶事であることに疑いはない。ただ、正直なところ、町村のやったことは蔵人介の想像を超えていた。

「城内で刀を抜くとはな」

そこまで追いつめられるほど、臼井への憎しみが強かったにちがいない。

しばらくして城内は落ちつきを取りもどし、午後は騒動などなかったかのようにゆったりと過ぎていった。

それにしても、臼井玄蕃とは食えぬ男だ。

剣術に長《た》けているばかりか、立ちまわりもたいそう上手で、幕政の舵を握る水野忠邦に媚《こ》びることも忘れてはいない。勘定奉行だったときには金座の後藤三右衛門に命じ、天保小判と天保銭を濫造させた張本人でもあり、後藤と結託したおかげでずいぶん私腹を肥やしたとも言われていた。

張りこみをつづける串部のはなしでは、ここ数日は南町奉行所からも警固の同心が寄こされているらしく、鳥居耀蔵とも密に繋がっていることは容易に察せられる。

ともあれ、よほど腰を据えて掛からねば倒せぬ相手だが、蔵人介が勝手に手を下す
わけにはいかない。

何よりも、月崎兵衛をみつけることが先決だった。

端緒さえ摑めずにいると、真夜中になって宿直《とのい》部屋へ近づく気配があった。

褥に身を起こし、音も無く襖障子を開けて部屋を出る。

廊下から膳所のほうへまわり、庭草履を履いて厠へ向かった。

「みつけましたぞ」

闇から聞こえる声の主は公人朝夕人、伝右衛門にほかならない。

数日前、月崎をみつけてくれぬかと、秘かに頼んでおいたのだ。

「今からお連れしましょうか」

「ちと待ってくれぬか。土産を携えてくるゆえ」

「はあ」

ほどもなく、蔵人介は戻ってきた。

ふたりは連れだって御台所御門から抜けだし、表向とは反対の大奥側へ向かう。

暗がりに佇む汐見《しおみ》太鼓櫓《やぐら》を左手に眺めて進み、下梅林御門から三ノ丸の跡地へ

出た。

寝静まった御番所のまえを通りすぎれば、不浄門と呼ばれる平川《ひらかわ》御門だが、御門には向かわず、左手の帯曲輪《おびぐるわ》を通って竹橋《たけばし》御門から土手道にいたる。

土手道の左手は平川濠、三日月濠とつづき、右手には馬場が広がっていた。

そこからさきは闇に包まれた吹上《ふきあげ》御庭の外周を進み、右手に千鳥ヶ淵《ちどりがふち》を見下ろしながら半蔵御門をめざす。

時折、かぼそい月明かりが足許に差しこんだ。

天下祭《てんかまつり》の絢爛《けんらん》豪華な山車《だし》行列が城内を練り歩く際は、半蔵御門から同じ道筋を通って将軍の上覧を受ける。

ふたりは上覧の道筋を逆行して進み、ほどもなく半蔵御門に到達した。

厳《いか》めしい門番の居座る御門を避け、手前で土手下に下り、あらかじめ繋いであった小舟で濠を渡る。

余計なことばを交わす必要はない。

夜間に城外へ逃れる道筋はいくつもあり、これまでも何度となく城の内外を行き来してきた。

土手に上れば、麹町の大路がみえる。

まっすぐ西に進んで麴町三丁目のさきを左手に曲がれば、臼井玄蕃の屋敷に着くはずだった。

やはり、月崎は爪を研ぐ鷹のごとく、獲物のそばに身を潜めているらしい。

伝右衛門は辻を曲がらずまっすぐに進み、麴町六丁目の手前で右手に曲がった。

善國寺《ぜんこくじ》谷の下り坂だ。

途中で右手に折れ、雑草の伸びた火除地《ひよけち》のなかへ分け入っていく。

異様な臭気に包まれているのは、芥捨場と化しているせいだろう。

火除地の奥に、崩れかけた廃屋があった。

物乞いらしき痩せた男たちが、死んだように眠っている。

「あのなかにおられます」

伝右衛門はそれだけ言い残し、暗闇のなかに溶けこんだ。

蔵人介は緊張の面持ちで歩き、廃屋のまえで足を止める。

覚悟を決め、敷居をまたいだ。

「うっ」

首筋に冷たいものが触れていた。

白刃だ。

戸口に誰かが隠れている。

これほど完璧に気配を殺すことができるのは、月崎兵衛しかいなかった。

「月崎どの、わしだ」

名乗っても、白刃は引っこまない。

「……や、矢背どの……な、何をしにまいった……と、止めても無駄だぞ」

猜疑心《さいぎしん》が強くなっているのだろう。

蔵人介は溜息を吐いた。

「おぬしを止める理由はない」

すっと、白刃が引っこんだ。

「……す、すまぬ……わ、わしは……た、誰ひとり信じられなくなった」

「焦りは禁物だ。これでも食え」

蔵人介は懐中に手を入れ、笹の葉の包みを取りだした。

小田原提灯も取りだし、素早く火を灯《とも》す。

包みを開くと、結びがふたつ顔をみせた。

「……こ、これは……や、矢背どのが」

伝右衛門を厠に待たせ、膳所で残り物を探し、わざわざ自分の手で握ってきたのだ。

「美濃《みの》米の中身は、紀州《きしゅう》産の梅干しと蝦夷《えぞ》産の昆布だ。いずれもご献上のお品さ」

「……あ、ありがたい」

月崎は結びにかぶりつき、喉を詰まらせる。

「だから、焦りは禁物と申したであろう」

竹筒を差しだすと、月崎はすかさず奪って呑んだ。

涙を溜めてごくごく呑み、ぷはあっと息を吐きだす。

「……は、般若湯ではないか」

「さよう。景気づけにとおもってな。呑みながら聞いてくれ。板橋宿で蓮どのを捜しあてた。上宿の尼寺におられる。おぬしが破獄したことをはなしたら、自分には会う資格がないとこたえられた。されど、本音では会いたいはずだ。おぬしがみずから会いに行ってもよいし、おぬしが望むなら袖を引っぱってでも連れてこよう」

「……そ、それには……お、およばぬ」

「どうして」

「蓮が……ぶ、無事でいてくれれば……そ、それでよい……れ、蓮とは……き、気持ちで繋がっておれば……そ、それでよい」

ほんとうに、それでよいのだろうか。

内心で首をかしげつつも、蔵人介は月崎に一刻も早く本懐を遂げさせてやりたいとおもった。

臼井は無類の女好きで、しかも、手を出す相手はすべて人の妻だ。

おおかた、人の妻を奪うことに快楽をおぼえるのだろう。

蔵人介の脳裏には、さきほどから幸恵の顔が浮かんでいた。

月崎夫婦のために「自分にも何かできることはないか」と、案じる顔である。

やらせてみるか。

幸恵は小笠原《おがさわら》流弓術を修め、武芸の嗜《たしな》みもある。

男を騙すのは不得手であろうが、誘いだす程度のことならできるにちがいない。

「家に戻ってくれぬか」

誘っても、月崎は首を横に振る。

「ならば、段取りを済ませるまでは動かぬように」

蔵人介は釘を刺し、物乞いたちの屯《たむろ》する芥捨場から離れていった。

九

二日後、午《うま》ノ刻（正午）。

幸恵はやってくれた。
・勘定方の妻女になりすまして西ノ丸を訪れ、証人奉行の臼井を面前にし、義母を連れて伊勢参りに行きたいと願いでたのだ。
「涙まで溜めて申しあげたのですよ。そうしたら、あの女誑《たら》しめ、本性を露わにいたしました」

幸恵は家に戻るなり、みなのまえで楽しげに顚末を語りだす。

「言うことを聞かねば、女手形を出さぬと恫喝するのです。そこで、わたくしは申しあげました。何が足りぬのか、どうぞ、遠慮せずに仰ってくださいと」

「屑男め、何とこたえたかの」

志乃が身を乗りだす。

ちょうど昼餉の韮《にら》雑炊を啜っていたところなので、箸を持ちながらの問いかけであった。

幸恵はたっぷり間を取り、自慢げに胸を張る。

「女手形はたった一度の訪問で貰えるほど簡単なものではないと言うので、蔵人介さまに指図されたとおり、二度目は城の外でお会いしませぬかと誘いました。すると、どうでしょう。みっともなく目尻を下げ、随意に会いたい時と場所を申せと、溝のような臭い息を吐きかけてきたのでござります」

蔵人介は箸を置き、こほっと空咳をひとつした。

聞いているのも恥ずかしいはなしだが、こちらの思惑どおり、相手に時と場所を告げることはできた。臼井玄蕃は「かならず参る」と、幸恵に確約したという。

「どうやら、わたくしのことがお気に召したみたいで」

幸恵のまんざらでもない様子をみれば、頼んだことを少しばかり後悔せざるを得なかった。

卯三郎は関わりを持ちたくないのか、ひとり黙々と韮雑炊を啜っている。

「何はともあれ、ご苦労であった」

幸恵を労《ねぎら》っていると、表口に訪ねてくる者があった。

旅の僧、蓮也である。

わざわざ、板橋宿の尼寺から訪ねてきてくれたのだ。

「どうぞ、おあがりくだされ」

誘っても頑なに動こうとせず、経でも唱えるように喋りだす。

「蓮どのは寝食も忘れて悩みぬき、いっそう痩せ細ってしまわれた。そして今朝ほど、まことのお気持ちを拙僧にお伝えくだされた。『許されるのなら、あのひとにひと目だけでも会いたい』と、掠れた声で仰いました。ゆえに、急ぎこうして、まかりこした次第にござる」

誰かの強力なひと押しがあれば、尼寺から脱する公算は大きいという。

矢背家の面々は蓮の心情を理解すると、嬉しそうに頬を紅潮させた。

会いたいと願う強い気持ちさえあれば、邂逅《かいこう》を阻むものなどあろうはずもなかろう。

蔵人介自身も浮きたつような心持ちを抑えきれず、さっそく、幸恵に頭を下げたのである。

「幸恵、すまぬが、もうひとつ頼みたいことがある」

「仰らずともわかっておりますよ。蓮どのをお連れすればよいのですね」

「すまぬな」

「お安いご用にございます」

満面の笑みで応じる妻が、いつも以上に得難く感じられた。

板橋宿へ向かう蓮也と幸恵を見送ってしばらくすると、今度は市之進が深刻な顔で訪ねてきた。

居間に招くや、堰《せき》をきったようにまくしたてる。

「義兄上、月崎さまの首に賞金が懸かりましたぞ」

「何だと」

みつけた者には十両、捕らえた者もしくは討ち取った者には五十両が与えられるという。

「あくまでも内々のはなしです。南町奉行の鳥居さまが身銭を切ると仰って、町方の連中は尻に火が付いたようになっております」

「おぬしら、徒目付はどうする」

「無論、本腰を入れて探索せねばなりませぬ。いつまでも破獄した者をみつけられぬようでは幕府の沽券にも関わると、上役の方々も息巻いておられます。町方に先を越されてはならぬぞと、配下を煽りたてる組頭も出てくるほどで。正直、気が気ではありませぬ」

「何故だ」

「義兄上は一時とは申せ、破獄した罪人をこの家に匿っておられました。そのことが発覚すれば、それがしとて無事では済まされませぬ」

「笑止」

鋭く叫んだのは、廊下で聞き耳を立てていた志乃であった。

慌ただしく居間の敷居をまたぐや、市之進を般若顔で見下ろす。

「胆の小さい男め、うぬがような木っ端役人に幕府の沽券など語る資格はないわ」

志乃に一喝されて黙るかとおもえば、市之進はめずらしく反撥《はんぱつ》してみせた。

「されど、木っ端役人には木っ端役人なりの忠義の尽くし方がござります」

「ほう、おぬしの言う忠義とやらを教えてくれ。理不尽な命と知りながらも、上役に命じられたことならば、杓子定規にしたがうのか」

「上役の命ならば、したがわざるを得ませぬ。さもなければ、秩序が保てませせぬ。それが禄を頂戴する幕臣というものにござります」

「なるほどのう。さすが、四角四面の徒目付。うぬがような男を親族に持ったのが我が家の不幸じゃ。出ていけ、二度と矢背家の敷居をまたぐでないぞ」

「言われなくとも、そうさせていただきます」

市之進は片膝立ちで応じ、真っ赤な顔で憤然と吐きすてるや、肩を怒らせながら廊下を遠ざかっていった。

「養母上、ちと薬が効きすぎたのではござるまいか」

蔵人介が心配顔を向けると、志乃は平然とこたえる。

「あれほどのことを言うておかねば、いざというときに困るのは蔵人介どのじゃ。おぬしにもひとつ、問うておきたいことがある」

「何でござりましょう」

座り直して襟を正すと、志乃も畳に膝をたたんだ。

「かりに、月崎どのが本懐を遂げられたとする。そこからさきのことじゃ。考えておられるのか」

「いいえ」

「さもあろうな。まずは、本懐を遂げさせるのが先決じゃ。されど、事がすべて終われば、月崎どのは抜け殻と化すやもしれぬ。まんがいち、介錯《かいしゃく》を頼まれたら、そのときはどういたす。橘さまのときと同様、本人の意志にしたがい、首を落としてやるのか」

「わかりませぬ」

介錯を頼まれるかどうかも判然としない。そのときになってみなければ、正直、自分自身がどう動くか見当もつかなかった。

「であろうな」

「養母上はどうせよと仰る」

「わたくしに返答を求めるとは、蔵人介どのらしゅうもないな。されど、わたくしにもわからぬ。死なせてやるのも武士の情け、生かせば茨《いばら》の道を進まねばならぬやもしれぬゆえな」

「はい」

「鍵を握るのは、蓮どのかもしれぬ。もっとも、蓮どのが幸恵さんの説得にしたがい、素直に来てくれればのはなしじゃが」

志乃はすっと立ちあがり、何事もなかったように去っていった。

蔵人介はひとり居間に残され、沈痛な面持ちで考えこむ。

もちろん、さきのことなど考えても仕方ない。

今は奸臣をどうやって始末させるか、そのことに神経を注がねばなるまい。

——目だかぁ、金魚ぅ。

露地裏から、金魚売りの声が聞こえてくる。

そろそろ燕《つばめ》が帰巣する季節だが、その兆候はまだない。

八つ刻前なのに、夕暮れのように薄暗くなってきた。

しばらくすると、空から冷たいものが落ちてくる。

「雨か」

芥捨場で震える月崎のことを脳裏に浮かべ、蔵人介は悲しげな顔でつぶやいた。

十

卯月二十日、八つ過ぎ。

四日前から雨は降りつづいている。

「卯《う》の花腐《はなくだ》しだな」

蔵人介は船上で番傘をさし、鉛色の川面をみつめた。

雨筋越しに正面をみれば、水脈《ひ》を曳く屋根船の尻がみえる。

屋根船の艫で棹を操る船頭は吾助だった。

大川を遡上《そじょう》して向かうさきは対岸の墨堤、三囲《みめぐり》稲荷の渡し場である。

屋根船に乗る客は、臼井玄蕃と従者たちにほかならない。

人妻との密会とは言え、さすがに、ひとりで船に乗ることはなかった。

腕の立ちそうな用人をふたり、両脇に控えさせている。

「まあよい」

臼井を草庵に招くことができれば、思惑どおりに事は進むであろう。

「殿、若奥さまは張りきっておられましたな」

船首で櫂《かい》を操る串部が、さも可笑《おか》しそうに笑いかけてくる。

「何やら、平常《ふだん》より若やいでみえましたぞ」

「そのことば、あとで伝えおこう」

「ご勘弁を。今以上に嫌われとうはござりませぬ」

「ふふ、嫌われておるとおもうのか」

「はい」

「なら、そうおもっておるがよい」

「またまた、弱い者いじめはおやめくだされ」

悪党を導く草庵は『利休《りきゅう》』という。

墨堤にある高価な茶屋だと告げさせたが、じつを言えば、串部と吾助が突貫で廃屋を普請しただけのものだった。

酒肴の賄いはおせきに任せ、幸恵は臼井を部屋に招いて酒を勧める。

段取りがととのったのち、伝右衛門が月崎を連れてくる運びになっていた。

ひとつだけ懸念すべきは、蓮がまだすがたをみせていないことだ。

幸恵は蓮を連れてくることができなかった。

ただ、会える日付と場所は伝えてあるという。

おそらく、この機を逃せば、邂逅は叶うまい。

蓮にもわかっているはずなので、来てくれることを期待した。

「五分五分ですな」

串部は漏らす。

どうやら、月崎が臼井に勝てる見込みのことを言っているらしい。

「まんがいち討ち漏らしたら、どうなされます」

この手で始末をつけるのかと、蔵人介もみずからに問いかけた。

如心尼に命じられたわけでもない。

はたして、臼井玄蕃を討つことが許されるのかどうか。

「じつを申せば、それがしは期待しておるのですよ。殿がご自分のご意志で鬼になられることを」

対岸の桟橋がみえてきた。

前方を行く屋根船は舳先を向け、桟橋にゆったり近づいていく。

串部に漕ぎ手を緩めさせ、主従の人影が桟橋に降りるのを待った。

三人の人影が居なくなると、吾助が棹を振って合図を送ってくる。

やがて、蔵人介と串部も陸にあがった。

雨はさほど強くないが、降り止む気配もない。

桟橋から主従を案内するのは、幸恵本人の役目だ。

損料《そんりよう》屋で借りた藤色の小袖に、黒小紋を纏っている。

眉を描いてお歯黒を染めた艶姿が、遠目にもわかった。

草庵は近い。三囲稲荷の裏手へまわり、雑木林のなかを抜けていく。

草庵にはおせきも待機しているので、まんがいちのときは助けにはいってくれるだろう。

危うさと隣り合わせだが、幸恵なら上手くやってくれると信じていた。

刻限を小腹の空く八つ過ぎにしたのも、酒肴の膳に舌鼓を打たせるためだ。

蔵人介は串部と吾助をともない、泥濘《ぬかる》んだ道を進んでいった。

雑木林を抜けたところで、木陰に身を隠す。

正面に草庵が佇んでいた。

みるからに狭く、従者ふたりは外で待機を余儀なくされている。

幸恵は色っぽい仕種でくの字なりに座り、酌でもしているにちがいない。

男を誑《たら》しこむ色目遣いは、如心尼に仕える里に頼んで教えてもらった。

酒は灘《なだ》の下り酒、膳には利休豆腐や利休玉子や利休飯が並ぶ。

利休とは胡麻《ごま》料理のことを指すので、豆腐なら胡麻豆腐、玉子なら胡麻と玉子をよく擂って合わせた蒸し物にする。利休飯は焙《ほう》じ茶を炊き水にして飯を炊き、薄味の出汁をかけた雑炊だ。刻み茗荷《みようが》と浅草海苔を載せれば、なお美味い。

が、利休飯を啜るまえに、臼井は眠り薬を盛られるはずだ。

それまでに、こちらで用人ふたりをどうにかすればよかった。

「串部」

蔵人介が命じると、串部は吾助に貰ったまたたびの蕾を口に放った。

「お任せを」

またたびの蕾は、食せばむくむくと力が湧いてくる。

吾助も動いた。

木陰から木陰へ音も無く移り、従者の関心を向けるべく小石を投げる。

「ん、何だ」

ひとりが振りむき、泥濘のなかに踏みだした。

もうひとりも、急いであとを追う。

その背後に、串部は影のように迫った。

「おい」

振りむいた用人に当て身を食らわす。

ひとりが呆気なく倒れると、さきに駆けだしていた用人も倒れた。

吾助が身を寄せ、首筋に手刀を叩きつけたのだ。

ふたりを荒縄で縛りつけ、目隠しと猿轡までかませる。

ちょうど縛り終えたところへ、草庵から幸恵が顔を出した。

「蔵人介さま」

「おう、幸恵か。首尾はどうだ」

「眠らせました。指一本触れさせずに」

きりっとした顔で言ってのけ、幸恵はにっこり笑う。

「すまなんだな」

蔵人介はうなずき、二度とこうした役目はさせまいと胸に誓った。

串部と吾助が草庵に踏みこみ、臼井玄蕃を戸板に乗せて運びだす。

向かうさきは、大川に面した河原だった。
人っ子ひとりいない河原が、三途《さんず》の渡しの入口になる。
河原石がごろごろ転がるその場所へ、葬送の行列のごとき人影がつづいた。

十一

足許には河原石が転がっている。
雨の受け皿となる川は静かに流れ、対岸の景色は朧《おぼろ》に霞んでいた。
時折、白鷺《しらさぎ》が羽を広げて飛びまわり、ごわあ、ごわあと恐ろしげに鳴いてみせる。
怪鳥《けちょう》の鳴き声を夢のなかで聞いたのか、臼井玄蕃は戸板のうえで目を覚ました。
五間ほど離れたところには、月崎兵衛が川を背にして立っている。
蔵人介たちは少し離れて待機し、勝負の行方を見守った。
臼井は濡れた半身を起こし、首を何度も横に振る。
戸板に置かれた大小をみつけ、手に取って起きあがるや、素早く腰に差しこんだ。
「臼井玄蕃、尋常に勝負せよ」
月崎が凛然《りんぜん》と言いはなった。

臼井は片頬に笑みを浮かべ、ちらりとこちらに目をくれる。

「そこに立っておるおぬし、みおぼえがあるぞ。もしや、鬼役か」

「いかにも、矢背蔵人介にござる」

「ふうん、おぬしが月崎を匿っておったのか。そこなおなごは、もしや、おぬしのつれあいか」

「さようにござる」

「なるほど、ずいぶん手の込んだ芝居を打ってくれたものよ」

「それもすべて、月崎どのに本懐を遂げていただくため」

「ふん、笑わせるな。野良犬の腕で、わしは斬れぬ。さようなこと、おぬしほどの者ならば見抜いておろう」

蔵人介は冷笑する。

「一度目とはちがいますぞ。今の月崎どのに、心の迷いは一片もござらぬ。さすれば、いかに居合の名人とて、勝てるかどうかの保証はない」

「おぼえておるぞ。おぬしと月崎の闘った御前試合、一本目でおぬしは不覚を取った。わずかな隙をみせた途端、胴を抜かれてなあ」

「さようなことを、よくぞおぼえておられたな」

「あの一本をおぼえておったからこそ、わしは月崎を見下しておるのだ。乾坤一擲《けんこんいってき》の太刀筋を見切られた者に勝ち目はない。賽《さい》の河原に屍骸を晒すのは、月崎のほうじゃ。そのあとで、おぬしもつれあいも葬ってくれようぞ。臼井玄蕃を舐めたらどうなるか、思い知らせてくれるわ」

「あまり、さきをみぬほうがよろしい」

「ふん、さらりと終わらせてくれよう」

臼井は月崎に向きなおり、河原石のうえを飛ぶように迫った。

月崎もこれを受け、撃尺《げきしやく》の間合いに踏みこんでいく。

すでに、月崎は刀を抜いていた。

一方、臼井は刀を抜かない。

居合の奥義は鞘の内、抜き際の一刀で勝負をつける気なのだ。

もちろん、居合を使う蔵人介にはよくわかっている。

月崎が袈裟斬りか突きに転じた途端、臼井は小手討ちか胴抜きを狙うにちがいない。

足許が不如意《ふにょい》な河原では、動きの小さな居合のほうが有利におもわれた。

敢えてこの場所を選んだ理由は、有利とおもわせることで心に油断を生じさせるためでもある。

臼井はまったく気づかず、月崎ですら蔵人介の意図を知らない。

「お覚悟」

月崎は右八相から袈裟斬りに討ってでた。

待ってましたとばかりに、臼井は抜刀しかける。

「むっ」

つぎの瞬間、肩口からずばっと下腹まで裂かれた。

柄を握った右腕も地に落ち、夥しい血が噴出する。

前のめりに倒れた臼井は、額を河原石に叩きつけた。

「勝負あった」

串部が嬉々として叫んでも、月崎は納得のいかぬ顔をしている。

おのれの刀を納刀し、屍骸となった臼井に近づいた。

そして、腰に差された刀が鍔元から抜けぬことに気づいた。

蔵人介は表情も変えず、ゆっくりとそばまで近づいていく。

月崎が血走った眸子を向けた。

「……や、矢背どの……か、刀に……さ、細工をほどこされたのか」

「さよう、白刃に膠《にかわ》を塗っておいた」

「……な、何故」

「おぬしの勝ちを信じておったからさ」

「……か、勝ちを信じておったなら……か、かような小細工は……せ、せぬはず」

「勝ちを得ても、おぬしは抜け殻になっておったであろう。冷静な頭がなければ、生きのびる意欲も失ってしまいかねない。そうなられては困るゆえな」

「……そ、それがしが……い、生きのびると……ほ、本気でおもうておられるのか」

「おぬし次第だ」

「……わ、わしは……さ、侍らしく死にたい……そ、そのために今まで……い、生き恥を晒してきた……や、矢背どの……か、介錯を頼む」

月崎は石のうえに座り、脇差を抜いて逆手に握った。

襟を開いて腹を晒し、今生《こんじょう》への未練ゆえか、押し殺した声で喋りかけてくる。

「……か、数々のご無礼……ひ、ひらに……ご、ご容赦願いたい」

「うりゃ……っ」

月崎が腹を切るよりも早く、蔵人介は白刃を振りおろした。

「うっ」

首は落ちない。

代わりに、元結《もっとい》が落ちた。

俯いた月崎の頬が、ざんばら髪で覆われる。

「月崎兵衛、侍のおぬしは死んだ。つまらぬ矜持《きょうじ》は捨て去り、地の果てまで逃げてみせよ」

驚愕する月崎にたいし、蔵人介は顎をしゃくってみせる。

眼差しを向けたさきには、蓮がぽつんと佇んでいた。

「……れ、蓮よ」

月崎の声が震えた。

蓮は堂々と前を向き、しっかりとした足取りで近づいてくる。

そして、月崎のまえに屈みこんだ。

「どうしても死ぬと仰るなら、わたくしも道連れに」

「……そ、それはできぬ」

月崎の手から、脇差が滑りおちた。

蓮は両手を伸ばし、痩せ細った夫の肩を抱きしめる。

「よくぞ耐えぬかれましたね。わたくしのために、よくぞここまで生きぬいてくれましたね」

「……か、堪忍だ」

「謝らねばならぬのは、わたくしのほうです。これからは、わたくしに面倒をみさせてください」

「……こ、これから」

ふたりは立ちあがり、蔵人介のほうをみた。

川岸にはいつのまにか、屋根船が一艘繋がっている。

船頭役の吾助が、長い棹を頭上で旋回してみせた。

「さあ、日が暮れるまえに千住《せんじゅ》宿を抜けていくがよい。草加《そうか》までたどりつけば、安心して宿を取ることもできよう。そこからさきは運次第。奥州街道をひたすら北上し、恐山《おそれざん》で野垂れ死にしようが、蝦夷《えぞ》に渡って凍え死のうが、勝手にするがよい。おぬしらふたりなら、いかなる艱難辛苦も乗りこえていけよう」

ふたりは深々と頭をさげ、船上の人となった。

暮れゆく川面の果てに向かって、船影は徐々に小さくなっていく。

川岸で見送る者のなかには、滂沱《ぼうだ》と涙を流す市之進も混じっていた。

どうやら、志乃に説かれて足を運んだらしい。

「義兄上、侍の忠義とは虚しいものにござりますな」

「やっとわかったか」

「はい。人の情けに勝る忠義などありませぬ。それがしには縄を打つことなど、到底できませなんだ」

「それでよいのですよ」

蔵人介の代わりに、姉の幸恵がこたえた。

「何事もほどほどが肝要です。夫婦の関わりといっしょですよ。ねえ、蔵人介さま」

幸恵にぎゅっと腕を握られ、蔵人介は面食らう。

だが、顔には出さず、恥ずかしげに笑って応じた。

「おふたりの睦まじい仲を祝して、そこいらで一杯飲《や》りましょう」

串部が陽気に嗤い、みなを先導して歩きはじめる。

幸恵に手を差しだされ、仕方なくその手を握った。

「よっ、ご両人」

串部が調子に乗り、何やかやとからかってくる。

蔵人介は耳まで赤く染めたが、幸恵の手だけは離すまいとおもった。

十二

この月、五代目市川海老蔵《いちかわえびぞう》に改名していた七代目團十郎《だんじゅうろう》が、南町奉行所の役人に縄を打たれた。齢《よわい》五十二、立役《たちやく》としては当代随一の人気者、大当たりを博した『勧進帳《かんじんちょう》』を創作し、歌舞伎狂言組十八番の選定もおこなった。「鎌輪ぬ」模様を考案し、粋な着物の図柄を流行させたことでも知られている。

昨年、中村座《なかむらざ》から出火した火事をきっかけに、芝居小屋は日本橋から浅草猿若町へ移転させられていた。そうしたなかでの出来事である。贅沢を禁ずる奢侈禁止令のもと、風俗流行の源泉ともいうべき歌舞伎は取締の的にされ、なかでも大名跡である市川團十郎が目の敵にされたのだ。

「お沙汰は江戸十里四方追放だとよ」

江戸雀たちは口々に噂しあった。

罪状はとってつけたようなものばかりだ。

「屋敷に長押《なげし》をつくり、床を塗りがまちにした。そのうえ、赤銅《しゃくどう》の七々子《ななこ》で釘隠しを打ちつけ、天井はぜんぶ金泥の格天井《ごうてんじょう》にし、銅像のなかには金箔を貼った不動明王が安置されていた云々……」

「お上の意を汲んで、みずから屋敷の一部は壊しちまったはずだぜ」

「それだけじゃ足りなかったんだろうよ。珊瑚樹《さんごじゅ》の根付けや高蒔絵の印籠なんぞを小道具に使い、本物の甲冑《かっちゅう》を着て芝居をやった云々……懲らしめるための罪状ならいくらでもこじつけられる」

「可哀相に、白猿《はくえん》の旦那は成田山に蟄居《ちっきょ》しなくちゃならねえのか」

「鳥居もひでえことをしやがるぜ」

縄を打たれたのは、河原崎座《かわらざき》で歌舞伎十八番の『景清《かげきよ》』を演じていた最中であった。「牢破りの景清」とも通称される演目は、主人公の悪七兵衛《あくしちびょうえ》景清が平家滅亡後も源氏に抗っているという設定だ。景清は源頼朝《みなもとのよりとも》を暗殺しようとするが、召し捕られて岩屋に閉じこめられてしまう。過酷な拷問を受けて怒りを爆発させ、ついには格子を壊し、柱を振りまわして牢を破る。

「角柱を持って、みなみなを蹴散らし……ふんばたがつたるありさまは、めざましくもまたすさまじし……軍兵かかるを、牢の格子を持って打ち散らす。ってな、演目が山場に差しかかったちょうどそのとき、本物の捕り方が雪崩れこんできやがった。小屋のなかは大騒ぎさ」

もちろん、源氏は徳川の見立て。庶民の積もり積もった不平不満を景清の怒りに託して、七代目團十郎はじつに小気味よく演じていた。

「人身御供になった七代目、哀れなはなしだぜ」

白猿は七代目團十郎の俳号である。巷間では「白猿はきばをとられて青くなり」という落首《らくしゅ》も詠《よ》まれた。跡形もなく壊された屋敷は「木場」にあったので、猿の「牙」と掛けたのである。


久しぶりに晴れた日の朝、蔵人介はひとりで近所へ散策におもむいた。

七代目團十郎が蟄居した噂を耳にしたせいか、何となく浮かない気分だ。

うねうねと連なる尾張屋敷の海鼠塀を過ぎ、左手に折れて合羽《かっぱ》坂から津守《つのかみ》坂へ向かう。美濃国の高須《たかす》藩邸で津守の滝を拝ませてもらい、そののちは瘤寺《こぶでら》門前の禿《かむろ》坂を下って甲州《こうしゅう》街道まで足を延ばす。そして、街道沿いの太宗寺《たいそうじ》で閻魔像に謁してから、のんびり家へ戻るのである。

禿坂の坂下には河童池があった。

「ほっこり、ほっこり」

季節外れの物売りの声に、はっとして足を止める。
坂を上ってきたのは芋売りではなく、蚊帳《かや》売りであった。
「萌葱《もえぎ》の蚊帳ぁ」
はっきりと、そう言っている。
「聞き違いか」
蔵人介は首を横に振った。
昨晩も、痩せ男の夢をみた。
それゆえ、物売りの声がちがって聞こえたのだろうか。
――どうどうたらりたらりら、たらりあがりららりどう……
目を瞑れば、怪しげな寿詞《よごと》も聞こえてくる。
声の主は怒りもせず、笑いもせず、俯き加減で憂いた顔をこちらに向けた。
「かの刺客、面をつけておったのやもしれませぬ。殿がそうなさるように」
串部の囁く声だ。
耳を澄ませば、鑿《のみ》で檜《ひのき》を削る音も聞こえてくる。
――とんとん、がりがり。
それは、死者を葬ったあとにおこなう儀式にほかならない。

蔵人介はおのれの業を削ぎおとさんとして鑿をふるい、悪党の血で穢れた身を浄めんがために面を打つ。

――とんとん、がりがり。

だが、檜から形となってあらわれたのは、蔵人介が好んで打つ武悪《ぶあく》ではなかった。痩せ男である。

表情の抜けおちた死人の顔、痩せ男の面を打つのはおのれとは別の男だ。

――とんとん……

面を打つ音が唐突に消えるや、生首がひとつ宙に飛んだ。

「誰《たれ》ぞ、あの首を摑め」

黒い血を噴く首無し胴は、長い柄の鳴狐を腰に帯びている。

「誰ぞ、あの首を……」

魘《うな》されて起きたときは、全身汗まみれになっていた。

何故、いつまでもあやつの幻影に惑わされているのだ。

蔵人介はようやく我に返り、禿坂を下りはじめた。

道端で風に揺れるひなげしのかぼそい茎が、ともすれば折れてしまいそうな心と重なってみえる。

迷いを断ちきるように、蔵人介はひなげしを摘んだ。

何十本も束にして、志乃への土産にでもしよう。

幻聴は失せたので、早足に御納戸町への帰路をたどる。

虫の知らせなのか、心ノ臓がどきどきしはじめた。

走るように冠木門を潜ると、家のなかが何やら慌ただしい。

「義母上が、義母上が何処にもおられませぬ」

幸恵が裸足のまま駆けよってくる。

「いったい、どういうことだ」

蔵人介は蒼白な顔で問いながらも、痩せ男の幻影を脳裏に浮かべていた。

「串部たちが捜しにいきました。卯三郎も吾助もおせきも、心当たりをすべて当たるべく出ていきました」

「書き置きは」

「見当たりませぬ」

蔵人介は家にあがり、仏間へ向かった。

部屋に踏みこむなり、長押を睨みつける。

「ない」

家宝の薙刀、鬼斬り国綱がなくなっていた。

「義母上がお持ちになったのでしょうか。それにしても、何のために」

どうこたえてよいのやら、蔵人介にはわからない。

得体の知れぬ刺客のことを語ったとて、幸恵を混乱させるだけのはなしだ。

「そう言えば、吾助が妙なことを口走っておりました。義母上は『能面居士を捜しにいかれたのやもしれぬ』と」

幸恵は喋りながら、廊下をみつめた。

蔵人介の通ってきた廊下一面に、ひなげしの花がばらまかれている。

もしかしたら、志乃は痩せ男の正体を摑んだのであろうか。

それとも、見極めんとして、家を出ていったのだろうか。

あるいは、来し方の記憶を繙《ひもと》くうちに、家人にも言えぬ秘事でもみつけたのであろうか。

虚しい問いかけだけが、頭のなかに浮かんでは消える。

夜になっても、志乃は帰ってこなかった。

三日経っても、四日経っても帰らず、みなはやがて、ただ待つよりほかにないのだと気づいた。

光文社文庫

文庫書下ろし／長編時代小説

引《いん》導《どう》 鬼役《おにやく》 〔二十五〕

著者 坂《さか》岡《おか》真《しん》

2018年12月20日 初版1刷発行

発行者 鈴木広和
印刷 慶昌堂印刷
製本 ナショナル製本

発行所 株式会社 光文社
〒112-8011 東京都文京区音羽1-16-6
電話 (03)5395-8149 編集部
8116 書籍販売部
8125 業務部

ISBN978-4-334-77780-7 Printed in Japan

組版 萩原印刷

鬼役メモ

※ページ内側にあるキリトリ線で切って、備忘録にお使い下さい。

キリトリ線

キリトリ線

鬼役メモ

画・坂岡真

※ページ内側にあるキリトリ線で切って、備忘録にお使い下さい。

鬼役メモ

※ページ内側にあるキリトリ線で切って、備忘録にお使い下さい。

キリトリ線

キリトリ線

鬼役メモ

※ページ内側にあるキリトリ線で切って、備忘録にお使い下さい。